HISTOIRE D'UNE PROSTITUÉE

Paru dans Le Livre de Poche :

LA FOLIE DU ROI MARC

CLARA DUPONT-MONOD

Histoire
d'une prostituée

GRASSET

Ce livre a été initié
par les Éditions de la Bastille

« Mais voilà où je veux en venir. Quand quelqu'un sait et n'arrive pas à l'expliquer aux autres, que fait-il ? »

Carson McCULLERS,
Le cœur est un chasseur solitaire.

Préface

Depuis quelques mois, je cherchais une prostituée de l'Est prête à me raconter sa vie, à raison de plusieurs entrevues par semaine, dans un lieu anonyme. Sans succès. Peu de filles acceptent de se mettre au jour. La crainte d'être reconnue, alliée au danger des représailles, paralyse la parole. D'associations en organismes, d'institutions en comités, ceux qui s'occupent, avec un immense dévouement, du sort de ces prostituées transmettaient ma demande et me rapportaient un refus.

Un soir, j'ai entendu sur mon répondeur un message surprenant : une voix masculine disait être au courant de mes recherches, et me proposait de rencontrer une prostituée bulgare de 21 ans, auditionnée dans le cadre d'une mission d'information parlementaire sur l'escla-

vage moderne en France*, une des enquêtes les plus approfondies réalisées à ce sujet. La voix était celle d'un député qui travaillait au sein de cette mission. Il avait réussi à gagner lentement la confiance d'Iliana, au point de recueillir son témoignage, aujourd'hui consigné dans un épais rapport.

Il y aurait 15 000 à 30 000 personnes prostituées en France, dont au moins 7 500 à Paris. Depuis l'ouverture des frontières des anciens pays du bloc communiste, les filles de l'Est font partie des nouvelles recrues. Si certaines sont tombées dans un redoutable piège, tandis qu'elles espéraient un poste de serveuse ou de baby-sitter, le plus souvent en Italie, beaucoup d'autres, mues par le même désir de fuir la misère de leur pays, savaient qu'elles se prostitueraient. On leur avait promis une place d'hôtesse dans un bar, de danseuse ou d'« accompagnatrice ». Mais aucune n'imaginait l'effroyable suite. Frappées, violées ou même torturées, parfois revendues, elles doivent aligner au moins dix clients par nuit pour fournir une somme minimale au proxénète. Elles n'ont

---

* Le rapport de cette « Mission d'information sur les diverses formes de l'esclavage moderne » (rapporteur : Alain Vidalies), sous la présidence de Christine Lazerges, a été rendu public en décembre 2001.

ni papiers, ni argent, elles ne parlent pas fran-
çais, et vivent dans la terreur que leur famille,
restée au pays, ne soit malmenée par les gens
du réseau.

Que se passe-t-il dans leur tête ? A quoi pen-
sent-elles en se maquillant avant d'aller tra-
vailler ? Se sentent-elles intactes ? Aiment-
elles encore leur corps ? A toutes mes ques-
tions, Iliana a répondu par son savoir, un
savoir anormal, hors cadre, dangereux. Elle
baigne dans un monde nocturne et violent,
composé de fantômes, de fous, de noyées
comme elle, de ceux qui gèrent les filles comme
on gère du bétail. Elle ne voit pas les hommes
comme moi je les vois. S'il existe plusieurs for-
mes de prostitution, celle qu'exerce Iliana est
dégradante, terrifiante et, surtout, forcée. Je me
suis penchée sur cette fille comme sur un élé-
ment saisi seul, sorti d'un système, dont la
radiographie permet de saisir le mécanisme
d'adaptation, les limites établies pour ne pas
imploser, les paramètres moraux s'il en reste,
le tri intuitif entre ce que la mémoire a en-
grangé de souvenirs heureux et ce qu'elle
s'apprête à ingérer aujourd'hui. La survie d'un
élément englué dans un système mortifère.

J'ai voulu aussi raconter une rencontre, celle
de nos deux mondes. Celui d'Iliana hurle et ne
réfléchit pas, mais il peut aussi se révéler tota-

lement muet, accroupi sur sa propre violence. Il porte en lui d'autres codes, un autre langage, une autre façon d'être et de penser. Ce monde est chaotique, dangereux, mouvant ; le mien est réglé, chargé de valeurs, défini. Nos rencontres furent tantôt remuantes, tantôt douces, victimes de ce déséquilibre : le cadre face au désordre, la norme face à la désintégration. Avec, en filigrane, la différence d'enjeu : de son côté, sa vie qu'elle livre, du mien, un livre dont ma vie ne dépend pas.

Depuis mon monde, cette prostitution attire et écœure. Argent, sexe, violence : parce qu'elle cristallise ces données, elle nous renvoie à nous-mêmes et nous en éloigne. La prostitution que pratique Iliana réduit. Elle réduit tout : le corps à sa fonction, l'acte sexuel à sa version brute, la personne à un objet. En passant devant ces filles, un étrange réflexe nous interdit de comparer. Nous décidons qu'elles ne nous ressemblent pas. Nous ne songeons ni à leur passé, ni à leur avenir. Nous identifions ces personnes à ce qu'elles sont au moment où nous les voyons : les jouets d'un système. L'idée de pouvoir m'approcher de ce système broyeur, d'en saisir les rouages, mais aussi d'entendre une voix humaine, vivante, derrière cette apparence chosifiée, me fascine. Cette fascination, je ne l'ai pas contournée. Elle est au cœur de ce livre, et cette *approche humaine ne saurait se comparer à une enquête, journalistique cette fois, sur la prostitution. Dans cet ouvrage, elle est un sujet littéraire, et non un objet d'étude.*

Pendant un an, Iliana s'est pliée aux règles du jeu. Elle maîtrise le français, qu'elle a appris assise devant une télévision, dans une chambre d'hôtel, mais les difficultés sont ailleurs. La confidence, avec tous les risques qu'elle implique, ne fait pas du tout partie de ses habitudes. Son métier, exercé si tôt, l'a verrouillée. Elle se tient dos à la vie, frileuse, morcelée. Ecarter les jambes, émonder son cœur : l'équation tient la route, et sans doute cette fille, pour survivre, n'a-t-elle pas eu le choix.

Iliana ne s'étonne plus de rien – en ce sens, elle a mille ans, et sa jeunesse s'accorde mal avec son visage si grave. Elle fait partie de ces gens qui ont grandi trop vite pour développer une personnalité harmonieuse : une partie d'eux a été propulsée en avant, et se révèle extrêmement solide, une autre semble avoir reculé, pour se figer au temps de l'enfance. Iliana porte en elle ce contraste étrange. Elle a le cœur ridé mais elle découvre tout. Comment finira-t-elle ? Je n'en sais rien. J'ai vu, à travers ses yeux, s'ouvrir un monde à l'écart, d'absolue détresse, logée tant sur les trottoirs *que dans les têtes. C'est ici qu'il faut saluer l'extraordinaire travail des associations sur le terrain, sans même qu'une délégation interministérielle en charge de l'esclavage moderne ait encore été mise en place.*

A quoi bon ? Depuis très longtemps, les pouvoirs publics appliquent une alternative de montagnes russes, entre laxisme et répression : dans un premier temps, ils ignorent la prostitution, qui peut, de fait, tranquillement dériver vers l'inacceptable, et brusquement, après quelques années, ils se réveillent et lancent l'assaut. Il y a eu ce long silence indifférent, le temps que la traite des filles explose, et que le nombre de prostituées augmente de 30 % en France en cinq ans, jusqu'à la brusque réaction de ces derniers mois, les cris indignés contre cette situation « intolérable », et la volonté de répression sèche. Pourtant, quelques salutaires initiatives ont failli aboutir. L'exemple le plus récent concerne une proposition de loi, consécutive à la parution de ce rapport sur l'esclavage moderne pour lequel on auditionna Iliana. Cette proposition de loi préconise la prise en charge et la protection des filles qui coopèrent avec la justice, leur réinsertion, ainsi que le renforcement des moyens associatifs, et celui de l'arsenal répressif. Votée à l'unanimité par l'Assemblée nationale*, elle attend toujours d'être adoptée par le Sénat. Un projet de loi en cours de navette parlementaire reprendrait une partie seulement de ses dispositions.

Comme les pouvoirs publics doivent être embarrassés pour se montrer aussi peu efficaces ! Pourtant, les intentions de la France, aussi utopiques soient-elles, ont le mérite d'être claires : depuis la fameuse Convention de l'ONU en 1949, l'objectif s'annonce décidément abolitionniste.

Or, indépendamment du débat en faveur, ou contre, l'abolition de la prostitution, une question se pose : comment prétendre à l'élimination de la prostitution en niant les prostituées ? La France ne cesse de clamer sa volonté de protéger les prostituées au nom de la « dignité humaine ». Comment, au nom de la « dignité humaine », peut-on vouloir sauver des filles en leur maintenant la tête sous l'eau ? Autrement dit, la France s'est presque toujours arrangée pour placer le débat à un niveau moral, et non social. Ce dernier paramètre n'existe pas. Comme si la prostitution était uniquement une affaire d'« éthique », un mot rabâché pour justifier une action qui, précisément, ignore l'aspect humain.

---

* Proposition de loi n° 3522, enregistrée par la présidence de l'Assemblée nationale le 22 janvier 2002.

La police ne protège pas les personnes pros-
tituées, pour une raison simple : le phénomène
prostitutionnel n'a jamais fait figure de prio-
rité. Les policiers n'ont, à leur appui, aucun
dispositif spécifique. La brigade d'action so-
ciale dispose seulement d'une quarantaine de
personnes à Paris, et l'Office central pour la
répression de la traite des êtres humains (OCR-
TEH), organisme habilité à ouvrir une enquête
sans dépôt de plainte préalable, compte une
vingtaine d'enquêteurs pour l'ensemble du ter-
ritoire français. Europol, le dispositif de police
européen, réclame des moyens supplémentaires
pour une réelle collaboration policière euro-
péenne. Les juridictions françaises font preuve
d'un laxisme extraordinaire pour les proxénè-
tes, dont certaines condamnations se soldent
parfois par quatre mois de prison. Pourtant, les
peines prévues par le code pénal à l'encontre
des proxénètes figurent parmi les plus sévères
au monde... Mais le plus surprenant reste
l'incurie en matière de politique sociale.
Peut-on agir au nom de la « dignité humaine »,
sans politique d'entraide et de réinsertion ? La
France y prétend. Elle part en croisade en
faveur de l'intégrité et du respect humains, sans
songer un instant à ce non-sens : vouloir « sau-
ver » les prostituées sans structure opérante
pour les réinsérer, les écouter, les soutenir.

Aujourd'hui, une fille qui trouve la force de vouloir s'en sortir se heurte au néant. Que reste-t-il de la douzaine de services départementaux créés par ordonnance en 1960 pour aider les prostituées à émerger ? L'Etat se défausse sur les associations. Pourtant, ce sont elles qui prennent tout en charge, avec des moyens dérisoires, depuis la prévention des prostituées contre le sida jusqu'à la réinsertion professionnelle, en passant par le suivi psychologique et médical, la mise à disposition d'un appartement, la protection contre les représailles.

En France, une clandestine qui se rend à la police pour dénoncer son proxénète peut être expulsée, faute de papiers. En Belgique, en revanche, une prostituée qui coopère n'est pas traitée comme une hors-la-loi, mais comme une victime : elle dispose d'une place dans un centre d'accueil spécialisé, d'un permis de travail et d'un titre de séjour*. L'Italie, sans doute le modèle politique européen le plus innovateur en ce domaine, applique le processus inverse** : elle prend en charge la victime pour l'inciter à coopérer. Passant par « une protection initiale des victimes », la législation

---

* Loi du 5 avril 1995.
** Loi du 6 mars 1998.

accorde à la prostituée un permis de séjour, un refuge, des cours d'alphabétisation, une formation professionnelle : ainsi insérée et mise en confiance, la victime peut porter plainte, non pas par intérêt comme il arrive en Belgique, mais spontanément.

En côtoyant une prostituée, j'ai pu mesurer l'extraordinaire hypocrisie de mon pays, qui signe des engagements relatifs à la « dignité humaine » et offre aux proxénètes une certaine impunité, envisageant même de sanctionner le client plutôt que l'exploiteur, un pays qui, par frilosité démagogue, s'essuie les yeux sur la scène du monde et propose un charter de retour à celles qui sont dans la détresse et, surtout, qui mise sur le principe absurde que la négation des victimes d'un phénomène tue le phénomène.

C. D.-M.

La rencontre

Cette fille me fascine. D'abord parce qu'elle est belle – et les gens beaux possèdent ce pouvoir d'attraction presque obscène, qui appelle le regard et ne le lâche plus. Ensuite parce qu'elle se prostitue. Nous sommes assises l'une en face de l'autre, pour la première fois, et je ne parviens pas à concilier la notion de beauté et de prostitution, comme s'il existait un antagonisme, que seuls le cinéma ou la littérature peuvent dépasser. Jusqu'à présent, une belle prostituée relevait de la fiction. Je suis habituée à les voir (les imaginer ?) décaties, les yeux absents, abîmées. Je découvre cette épouvantable réalité : la prostitution, si elle rime avec beauté, écœure moins. Comme si, les signes de déchéance, de laideur et de détresse une fois disparus, fût-ce seulement de mon imagination, ce monde devenait enfin accessible. A moins que ce ne soit moi qui devienne accessible à ce monde, parce que le beau visage d'Iliana appelle à renoncer au stéréotype et, surtout, à baisser la garde. Sa beauté rassure.

L'aventure commence lorsque la nuit tombe, à l'avant d'une voiture blanche garée en double file. Un profil se dessine derrière la vitre. Puis la portière s'ouvre, et le visage précède une silhouette immense. Le corps se déplie en trois mouvements, tête, buste, jambes, comme une figurine de carton, et se plante sur le trottoir de toute sa hauteur. Elle est habillée de gris des pieds à la tête. Sur cette masse d'ombre, la tête se détache comme une lune ovale, très claire, très fine.

Elle s'appelle Iliana. Elle ressemble à une publicité. Un long visage et des lèvres pâles, des yeux très verts, de longs cheveux noirs. Une beauté froide de magazine qui, à ce moment, trouve exactement sa place : sur le trottoir, c'est la seule beauté qui vaille. Au moment où je la regarde, je ne pense pas au charme, à la séduction, à l'exquis défaut d'une personne, mais bien uniquement à la géométrie plastique, aux proportions du corps et à la découpe des traits, irréprochables.

Elle a 21 ans, dont deux années de prostitution aux portes de Paris. Elle fait partie de ces flux d'étrangères qui irriguent les grandes villes depuis dix ans : aujourd'hui, plus de

70 % des prostituées viennent d'ailleurs, principalement des pays de l'Est et d'Afrique. Une prostituée de l'Est doit gagner entre 9 000 et 12 000 euros par mois, sur lesquels elle garde à peine 10 %. Pour obtenir cette somme, il faut compter dix clients au minimum par soir. Pas d'exception : la jeune fille travaille lorsqu'elle a ses règles, au lendemain d'un avortement, après un accident de voiture... Aujourd'hui, la demande est axée sur les prostituées enceintes. Alors le proxénète triple son chiffre d'affaires.

Autour d'Iliana, tapinent aussi des filles au poignet cassé après le passage à tabac d'un mac, ou qui ont 39 de fièvre. Certaines viennent d'arriver, elles ne parlent pas un mot de français et semblent âgées de 12 ans. D'autres, complètement shootées – des Françaises ou des Maghrébines, car les prostituées de l'Est, curieusement, ne se droguent pas –, se bagarrent entre elles. Mais globalement, ces destins cohabitent sur le bitume. Iliana rit parfois avec d'autres filles, elle donne des cigarettes. Elle ne dit rien quand un proxénète serre le bras de l'une d'elles et lui parle très près du visage, elle ne dit rien non plus quand un type fait monter de force une prostituée, en plaquant sa main sur sa nuque pour qu'elle baisse la tête. On voit de tout. Et s'étonner de cela, s'en indigner ou s'en plaindre, sont des réactions d'un autre monde, le mien.

Je fais partie de ceux qui passent devant elles. Je passe et je ne m'arrête pas. Comme beaucoup, je pense que « c'est glauque ! », parfois je le dis, et les passagers de la voiture opinent.

Dans un réflexe idiot, j'ai assimilé les prostituées à des cervelles détruites, ou à des ombres inconsistantes. Les supposer droguées, ne voir en elles que des poupées victimes, au sens décisionnaire nul, les diluer dans un vaste système de sexe et d'argent, suffisait à me protéger de leur réalité individuelle. Je suppose que ce cliché préserve les habitants du monde « normal » de cet univers à l'écart, si proche. Maintenant, face à Iliana, j'ai peur de ce que je vais entendre, et pourtant j'ai hâte d'entendre. Je me sens ethnologue, voyeuriste, voleuse, privilégiée, mais ce qui me gêne le plus, c'est d'en être contente. Ce que je ressens me convient. Je réagis comme quelqu'un qui ne risque rien, et qui joue à se faire peur. Je suis en sécurité. Ce sentiment m'encombre et me satisfait à la fois.

Iliana sait que je voudrais écrire un livre sur une prostituée. Elle ne me posera jamais une seule question sur la façon dont j'envisage de parler d'elle. De la même façon, elle semble indifférente à la qualité de celle qui recueille ses confidences. Clara Dupont-Monod vaut des milliers d'autres oreilles. Pas d'affect, préviennent ses yeux clairs. Pas de beaux sentiments. Il s'agit d'un contrat. Tu as ma vie, c'est ta matière, en échange je renoue avec moi-même, je raconte mon histoire pour m'en laver.

Sur le coup, je n'ai pas vu qu'elle était à bout de résistance, qu'elle frôlait une limite que seule la parole libre pouvait encore éloigner. Le miracle, c'est qu'elle ait intuitivement compris l'urgence de cette parole.

Pour cette première rencontre, nous nous rendons dans un restaurant. Nous parlons peu. La salle est bruyante, très lumineuse. Face à face, nos deux mondes se flairent. Elle détaille mon visage sans aucune gêne. Elle regarde mes mains. Impossible de savoir ce qu'elle pense : son visage à elle est fermé. Moi, je tente de la relier à la cohorte de filles qu'un citadin peut voir à la sortie des villes. C'est difficile. Je ne l'imagine pas appartenir à cet univers, parce qu'au moment où je la vois, elle appartient au mien. Un restaurant vibrant de voix et de musique : Iliana passe la soirée en pleine normalité. Je suppose qu'avec n'importe quelle prostituée qui sort, le temps d'un dîner, l'effet est identique : il est difficile de les replacer dans leur contexte. Il faut, pour cela, passer devant cette armée des ombres le long des boulevards, observer cette attente, et leur façon si particulière de se tenir debout, jamais vraiment stable, peut-être à cause des talons hauts.

A un moment, j'essaie de l'imaginer les jambes écartées, à l'arrière d'une voiture, derrière un buisson, ou dans une chambre d'hôtel sinistre. Je suis assise devant elle, dans un restaurant gai et bruyant, quelqu'un nous parle, nous sourions, et j'essaie quand même de visualiser Iliana en train de travailler. C'est idiot. Mais la fille avec laquelle je dîne gagne sa vie en grimpant sur des hommes, en suçant des sexes inconnus ; cette fille, assise à côté de moi, se fait prendre et insulter tous les soirs, on la tape, on l'humilie, c'est son gagne-pain, son activité à elle. Voilà notre différence. Voilà ce qui me révulse et ce qui m'attire.

Je la regarde. Elle fume en regardant ailleurs. Elle m'intimide. Elle incarne un mystère. Je ne sais pas comment une fille peut coucher avec dix inconnus en une seule nuit, prendre une douche et dormir. Je ne sais pas comment une fille peut se maquiller, se coiffer, s'embellir sans garder en tête l'idée que, chaque soir, son corps est un outil. Je ne sais pas comment une fille peut encore regarder les hommes sans y voir un sexe, tomber amoureuse ou, plus simplement, se laisser charmer par les minuscules détails de la vie, quand elle vit dans un enfer, et côtoie la mort chaque jour. Je ne sais pas. Face à elle, je ne sais rien.

Est-ce que cette rencontre me met en danger ? Ce n'est même pas sûr. Y aura-t-il un semblant d'amitié entre nous ? Sans doute non. En écoutant cette fille, je veux peut-être aller au bout de cette fascination qu'elle exerce, comprendre son univers, et sa cohabitation avec le mien, saisir un lien. Je voudrais comprendre aussi comment le vide de son existence peut aimanter mes mots.

Durant ce dîner, elle se livre par bribes. J'apprends qu'elle ment à ses parents, qui la croient serveuse et fiancée à un gentil garçon depuis bientôt deux ans. Elle joue la comédie lorsqu'elle rentre en Bulgarie, au moins une fois par an. Si elle vient sans son fiancé, c'est à cause de son travail éreintant, prétend-elle, en restant floue sur sa profession. Ses parents sont épatés par tant de réussite.

En réalité, Iliana vit seule. « Vit », cela signifie qu'elle se réveille seule, qu'elle mange seule, au fast food en face de son hôtel, qu'elle fait les vitrines et meuble ses après-midi seule.

Il lui arrive de passer une journée sans entendre le son de sa propre voix.

Elle répond à mes questions avec lenteur, et un minimum de mots. Je la sens distante et agacée. Peut-être qu'elle regrette d'avoir accepté.

Ses journées se déroulent, immenses et sinistres, dans une petite chambre d'hôtel du nord de Paris, que peuplent ses affaires : des vêtements, des peluches, des CD de musique bulgare. Une table, un lit, une armoire, une petite salle de bains avec douche : rien ne dépasse, tout est impeccablement rangé. Plus tard, je la verrai se laver les dents avec soin – elle frotte scrupuleusement la brosse, le dentifrice mousse jusqu'à devenir une barbe blanche –, enfiler ses vêtements et se maquiller avec un stupéfiant détachement. Ses gestes sont mécaniques et simples. Ouvrir la penderie, choisir les dessous en skaï brillant, l'ensemble léopard, ou bien la combinaison de cuir. Du rouge à la place de la bouche, du mascara, du parfum. Elle va travailler. Elle s'apprête à s'envoyer en l'air avec une dizaine d'inconnus, elle prendra sans doute quelques gifles, avec un peu de poisse il fera froid, ou bien des types ivres la violeront, tout est parfaitement normal. « Et encore, j'ai de la chance, dit-elle, je n'ai plus de mac pour m'obliger à rapporter de l'argent. » Une chanceuse, donc, dans un monde normal.

Son mac s'est enfui il y a plusieurs mois, la police aux trousses. Une peur a succédé à une autre. Aujourd'hui Iliana n'entend plus de menaces de représailles, elle ne subit plus une surveillance constante, mais elle vit dans la hantise que son mac revienne et ne la punisse, voire ne la tue. Chaque matin, elle se lève en espérant ne pas mourir ce jour.

Désormais elle travaille seule, et gagne juste de quoi payer la nourriture et sa chambre d'hôtel près du périphérique, qui lui coûte 30 euros par jour, soient 900 euros mensuels. Elle est en situation irrégulière sur le sol français. La catastrophe, dit-elle, serait d'être expulsée. Elle ne dit pas « violée », « torturée », « assassinée », mais « expulsée ». Iliana prononce le mot « expulsion » avec une telle difficulté que le mot résonne de mille autres sévices. Comme si la tête, pour se tenir droite, ne hiérarchisait plus les dangers, et avait choisi une menace, une seule, qui rassemblerait toutes les autres.

Iliana déteste son prénom. En Bulgarie, sa famille la surnomme Iana. A Paris, elle s'arrange pour que chacun l'appelle par ce diminutif. Sur son faux passeport, elle porte encore un nom différent. Les gens de la rue la connaissent sous un nom supplémentaire : Katia, celui qu'elle se donne lorsqu'elle se prostitue. Quatre noms pour une seule personne, cela donne le tournis. Ce sont quatre façons d'exister : l'enfant, l'adulte, la citoyenne et la pute. Visiblement, Iliana ne sait pas comment faire coïncider les quatre en un mot unique. Chaque nom enferme un peu de son identité éparpillée.

Lorsqu'elle parle, Iliana ne prononce jamais le verbe « prostituer ». Elle préfère celui de « travailler ». De la même façon, une étrange pudeur empêchera toujours Iliana de dire « mon mac », ou « mon proxénète ». Elle dit « mon patron ». Dans les associations de lutte contre la prostitution, ces mots sont aussi bannis, au profit d'« homme de main ».

Qu'est-ce que je vois d'elle ? La peur. A 21 ans, cette fille a peur en permanence. Je la sens là, tapie au fond d'elle, remuante et coriace. Au restaurant, Iliana regarde partout, du sol au plafond, comme si elle était prise en otage. Elle fouille des yeux la pièce, les tables voisines, les serveuses, d'une façon discrète et rapide. Par la suite, je l'ai toujours vue regarder ainsi. Son coup d'œil est nerveux et précis, comme s'il fallait immédiatement établir un plan de fuite. Mais cette fille a un problème :

elle est très belle. Elle ne passe pas du tout inaperçue. Elle avance avec un port de tête impérial, très sûre d'elle. Cette indifférence calculée cache une terrible gêne. En réalité, l'aspect relationnel, chez ces filles, est complètement déglingué. Pour Iliana, tout ce qui relève des rapports humains, même minimaux, l'intimide. Saluer, commander un plat, dire « merci, au revoir », poser des questions, sourire à une histoire, en un mot, ce qui touche à l'altérité, la met mal à l'aise. Par « altérité », Iliana suppose toute forme d'échange qui ne soit pas sexuel. Elle est capable de coucher avec dix personnes inconnues, mais elle s'avère impuissante à lier une conversation.

Consciente de cette maladresse, Iliana oriente les regards vers sa plastique irréprochable. Elle s'assied avec un soin infini, veille à son maquillage, et accentue tout ce qui peut la mettre en valeur physiquement. Dans ce restaurant, les gens retiendront d'elle une beauté parfaite, et personne n'aura senti son embarras. Bien sûr, l'idéal eût été que personne ne la remarque. Iliana déteste être le centre de l'attention. Moins on la regarde, plus elle est à l'aise. Le rêve d'Iliana, c'est d'avancer l'air de rien. Ecouter, manger, enfiler son manteau l'air de rien. Sans secret, sans justification, sans stigmates.

Le climat est tendu. Je surveille mes mots. Je souris beaucoup, je dose les silences. Apparemment, je lui suis complètement indifférente. Le contrat. Je pense au contrat. Ta matière contre ma chance. Ma vie livrée en échange d'une autre.

Elle est loin. Iliana fait partie de ces filles qui regardent ailleurs quand on leur parle, pas forcément par ennui, mais en vertu de cette gêne que lui inspire le moindre contact humain. Elle peut soupirer en regardant sa montre pendant que son interlocuteur tente de lier conversation. Elle peut aussi – et, dans ce cas, la gêne s'est muée en méfiance apeurée – se fermer comme une huître, ne plus décrocher un mot, détailler les voisins ou se lever de table. Je me dis qu'il doit être très difficile de lui présenter des gens. La tension doit monter, monter, parmi les regards furieux ou déroutés, jusqu'au moment où, ça y est : elle se lève et elle s'en va, sans un mot.

Durant cet étrange dîner, Iliana s'est montrée déçue par les hommes. Elle n'aime pas les « costumes-cravates », dit-elle en grimaçant. Elle est sûre d'une chose : si elle doit se marier un jour, elle ne pourra pas s'empêcher de penser que son mari « va aux putes ». Elle le verra toujours comme un client pour les filles. Elle ne pourra pas lui faire confiance.

En revanche, elle adore les enfants. Elle en voudrait un, qu'elle élèverait seule, bien sûr.

Les clients

Iliana se méfie des hommes. Toute manifestation de sympathie venant d'un homme est une ruse, et camoufle une envie de pénétration. Mieux : plus un homme est respectueux envers elle, plus il la répugne. A chaque fois, elle pense que cette façade de gentillesse cache l'envie de coucher avec elle, et cette hypocrisie la débecte, plus encore que le désir sexuel présumé. J'insiste : « Mais quand un homme est correct, cela ne veut pas nécessairement dire qu'il veut coucher avec toi. » Iliana hausse les épaules. « Mais si. » J'insiste encore, les deux pieds campés dans mon système. « Il existe des hommes qui sont gentils sans être obsédés sexuels. » Alors, face à tant de naïveté, Iliana prend un air consterné.

Paradoxalement, la seule catégorie d'hommes qu'elle tolère, ce sont les dangereux, les magouilleurs, les petites frappes. Ceux qui volent, qui cognent, qui ne sont ni sympathiques ni respectueux et qui, justement, ne voient en elle qu'une chose : une pute. Ce regard sans détour sur elle semble la rassurer. Iliana est en confiance avec les hommes qui l'ont catalo-guée, parce qu'il n'y a aucune chance qu'ils découvrent qui elle est vraiment. Je pense que, profondément, elle se sent objet sans âme, corps à tout faire. Être perçue uniquement comme une pute lui permet, à elle aussi, de ne pas glisser un œil dans les coulisses d'elle-même, tant son sentiment intime de nullité est fort. Ce sentiment me permettra de comprendre la très étrange attirance d'Iliana pour l'autorité, qu'elle assimile à une preuve d'amour.

Iliana se méfie des hommes, donc, mais en même temps, elle ne peut plus s'en passer. Elle a besoin d'eux pour savoir ce qu'elle vaut, pour savoir qui elle est. Leur désir donne corps à son existence. Autrement, elle n'est rien. Elle se voit, et elle se vit, comme une machine à attirer l'œil, à baiser, à vendre.

Cette ambivalence n'est pas simple à vivre.

Par exemple, dans la rue, Iliana n'est jamais à l'aise. Les regards des garçons l'enrobent en permanence. Elle se fait aborder dix fois par jour. « Ravissante, vraiment », « waow, joli cul ! », « je peux vous aider, mademoi-selle ? »... Chaque fois, elle est sur la défensive. En un éclair, son regard devient mauvais, elle se détourne, mutique, salie, exaspérée. Dans ces moments-là, je sens deux courants étranges chez elle, plus forts que l'agacement. D'abord quelque chose de violent, d'épais, qui ressemble à la peur. Ensuite, un narcissisme débridé, sans limite, très prononcé. Même en hiver, Iliana ne quitte pas un blouson de cuir très court, un jean moulant et des talons hauts. Elle sait parfaitement ce que son corps vaut. Elle se regarde beaucoup dans la glace. Elle sort toujours maquillée – et je ne pourrai pas m'empêcher d'apparenter à une certaine victoire les rares fois où je verrai son visage nu. Etrange contradiction de cette fille qui vérifie toujours son statut d'objet du désir, mais qui se raidit à l'approche des hommes.

Nous nous installons dans un café, et aussitôt je remarque ses coups d'œil rapides et nerveux qui balaient le décor. Puis elle allume une cigarette et attend que je prenne la parole. Je parle d'abord de choses anodines, du quartier, de sa veste en cuir, mais son air agacé me rabroue. Elle est là pour une chose précise, faisons vite. Bien. J'ai préparé une batterie de questions, mais je dois me rendre à l'évidence : Iliana répond de façon lente et succincte. Si j'ai le malheur de la relancer alors qu'elle voulait ajouter quelque chose, elle se ferme. Il faut

savoir distinguer le silence de la recherche de
ses mots et celui de la fin d'une réponse. C'est
épuisant.

Iliana parle peu, juste de quoi dessiner un
monde d'insécurité permanente. Un monde où
il faut craindre la police, les proxénètes, les
consœurs, les patrons d'hôtels et les clients. Pas
d'endroit à soi, pas de famille, pas d'amis. Rien
n'est fixe : l'hôtel est un toit provisoire, le trottoir est à tout le monde, les « consœurs » tour-
nent. Iliana vit dans un état de passage, de per-
pétuel transit.

Cette absence de repères, alliée à l'absence
de considération pour soi-même, me captive.
Elle a cessé de vouloir survivre ; par conséquent elle n'espère plus rien. Ce qui ne veut
pas dire qu'elle n'essaie pas ; mais ses tentatives de joie, de distractions, comme rire, ou aller
au cinéma, ne se doublent d'aucune attente.
Voilà pourquoi Iliana ne commente jamais :
parce qu'elle reçoit les choses telles qu'elles se
présentent, sans écho avec elle- même. Elle ne
s'approprie rien.

Elle dit que tous les hommes réunis dans ce
café, autour de nous, sont des clients potentiels.
Elle ajoute à mi-voix – car elle parle toujours
à mi-voix : « Regarde ce type, là, qui vient vers

nous, avec son costume, il peut être un client... »

Ils sont informaticiens, médecins, chômeurs, directeurs de restaurants... Ils ressemblent à tous les hommes du monde. Ils sont nombreux : pour que quinze mille prostitué(e)s vivent avec au moins dix passes par jour, il faut beaucoup d'hommes. Pour comprendre qui est client, le sociologue Daniel Welzer-Lang* propose d'inverser la question : « Quels sont les hommes qui ne sont pas clients ? Ce sont soit des hommes très culpabilisés par ces pratiques, avec une composante éthique ou chrétienne. Soit des hommes qui sont dans un rapport plus égalitaire avec les femmes, qui disent ne pas avoir besoin ou envie de ce type de relation, trop pauvre à leurs yeux sur le plan érotique. »

Iliana renvoie une image trouble du désir masculin. Elle parle de besoin, de solitude, mais de tendresse aussi, même si elle est payante. Elle, elle part du principe que tout s'achète. La vie n'offre rien. Je me demande si les clients partent du même principe. Je me demande aussi si les clients payent les prosti-tuées moins pour l'acte sexuel que pour pouvoir partir après l'acte sexuel. Peut-être que c'est ce départ, bien plus que la passe, qu'ils achètent.

---

* *Le Monde*, 12 juillet 2002.

Iliana demande souvent aux clients les raisons de leur venue. Pourquoi pose-t-elle ces questions ? Pour humaniser l'acte sexuel ? Pour comprendre sa propre dégringolade ? Elle ne sait pas. Voici ce que les hommes répondent le plus souvent : les rares célibataires viennent par solitude ou par désœuvrement. Pour les plus cyniques, aller voir les prostituées est moins fatigant que de devoir draguer une fille. Mais la plupart des clients sont mariés. Ils viennent parce que leur sexualité de couple ne leur suffit pas. Souvent, leurs épouses refusent certaines pratiques. Lesquelles ? « Les pipes. » Mais aussi, l'amour à la hussarde, les caresses anales, une certaine violence, un certain langage.

L'un d'eux a expliqué à Iliana que, depuis la naissance de son bébé, sa femme ne voulait plus du tout coucher avec lui. Il était même jaloux de l'enfant.

Beaucoup disent aimer leur femme. Ils ne la quitteraient pour rien au monde. Simplement, ils n'ont plus de désir pour elle. A les entendre, très peu de clients se considèrent en crise conjugale. « Je n'ai que des clients amoureux ! » dit Iliana.

La demande sexuelle de ces hommes est aussi vieille que la fonction de prostituée. Certains attribuent même à la prostitution une utilité sociale. Cette demande des hommes s'énoncerait au profit du contexte conjugal : si je viens te baiser en quelques minutes, c'est pour préserver mon mariage. La rancœur n'enfle pas. Notre routine sexuelle n'est plus à mettre en cause. Tu sers à mon bonheur, toi et ton piétinement de macadam. Tu protèges mon épouse de disputes, de scènes, de l'image de coincée que je pourrais lui renvoyer. C'est grâce à toi que vit l'institution du mariage ! Plus tard, ma femme et moi nous poserons la question de savoir si nous nous aimons toujours, mais pour l'instant, toi, prostituée, tu es la garante de cette union, tu nous équilibres, je te paye pour que mon couple n'implose pas. Ces paroles, les prostituées les entendent depuis des nuits et des nuits, depuis des siècles de nuits.

Je dis tout cela à Iliana. Elle hausse les épaules.

Certains clients montrent même la photo de leurs enfants. Iliana raconte ces instants avec une moue écœurée. Je ne sais pas pourquoi, mais les prostituées, souvent, se montrent scandalisées lorsqu'il est question d'enfant. L'une d'elles racontait qu'un client avait beaucoup insisté pour une sodomie. La fille avait finalement accepté, puis elle s'était enfuie : elle avait vu un siège de bébé à l'arrière de la voiture. « Ça m'a fait un choc », disait-elle.

Je crois qu'une prostituée peut accepter beaucoup des hommes. Mais il y a une chose qu'elle ne pardonne pas : « Quand ils pensent qu'on est des salopes. Quand ils pensent qu'on aime faire ça avec eux », articule lentement Iliana. L'insulte suprême, c'est d'envisager qu'une prostituée éprouve du plaisir avec ces hommes. Alors commence la salissure. « Aucune fille forcée ne fait ça par plaisir », insiste Iliana, le regard dur.

Avec les clients, Iliana déteste le sexe. Ce qu'elle supporte le moins, ce sont les pipes. « La fille n'a pas de plaisir, dit-elle. Comment, alors, les hommes peuvent-ils aimer ? »

Elle simule toujours. Elle ne ressent absolument rien. Elle baisse les yeux. « Dans le privé non plus d'ailleurs. »

Je la relancerai plus tard sur cet épineux problème. Mais elle l'a dit : quand elle couche gratuitement avec un garçon choisi, son corps reste invalide et muet. En revanche, elle peut ressentir du plaisir seule. Elle a commencé à se caresser dès l'adolescence, et depuis n'a jamais cessé. Sa solitude, décidément, est absolue.

Les tarifs d'Iliana ressemblent à ceux des autres filles sur les boulevards. Elle prend 30 euros pour une pipe, maximum dix minutes. 50 euros la passe, maximum un quart d'heure, 80 euros à l'hôtel, maximum une demi-heure. Je lui dis que ces tarifs ne sont pas chers. Elle écarquille ses yeux clairs, et balbutie : « Pas cher ? Demande aux types qui sont là, autour de nous, si ce n'est pas cher. »

Un jour, un client d'Iliana, « avec une belle voiture, un beau costume », lui a proposé 1 600 euros pour coucher sans protection. Toutes les prostituées ont entendu ce genre de proposition. Un client sur deux demande un rapport sans préservatif, racontent les prostituées aux associations. Ces dernières, alarmées, tentent alors de sensibiliser les clients, sans succès : une affiche de l'association lyonnaise Cabiria, simple et explicite (« Il n'est pas illégal d'être client, mais il est dangereux de ne pas se protéger. Se protéger, c'est aussi protéger tous ses partenaires »), n'a jamais pu être financée. La responsabilisation du client, ainsi que la lutte contre la précarité des prostituées, à mettre en relation directe avec la volonté d'imposer ou non le port du préservatif, ne sont pas à l'ordre du jour. La Direction générale de la santé juge visiblement l'expansion de l'épidémie du sida accessoire, alors même que les risques s'amplifient : les clients fréquentent de plus en plus les salons de massage, les endroits semi-clandestins, où la prévention est nulle. Et pourtant, que racontent les prostituées ? « Les clients proposent des sommes folles pour avoir des relations buccales, vaginales ou anales sans préservatif. Dans leurs têtes, rien n'a évolué. En plus, depuis l'arrivée de la trithérapie, ils se sentent à l'abri », déplore l'une. Une autre ajoute : « Beaucoup d'hommes hétérosexuels estiment que, comme ce sont eux qui éjaculent, qui rejettent quelque chose, ils ne risquent rien. » Une troisième poursuit : « Je leur dis que le minimum quand ils trompent leur femme, c'est de le faire proprement*. »

Iliana, comme beaucoup d'autres, exige le préservatif. Elle a toujours peur qu'il ne se déchire. En général, le client vient sur elle. Il colle son bassin contre le ventre d'Iliana, déboutonne son pantalon et la pénètre comme ça. Une fois sur deux, il lui demande : « Tu aimes ? » Elle répond « oui, oui ». Elle n'embrasse jamais. Certains dépenseraient des fortunes pour l'embrasser. D'autres proposent de la payer simplement pour la caresser, sans la pénétrer. Pour elle, c'est une horreur. Iliana déteste que les clients la touchent. Pendant l'acte, si certains laissent gambader leurs

---

* Témoignages recueillis par la revue *Transversal*, septembre 2001.

mains, elle a un « truc infaillible » : « Je dis que je suis chatouilleuse. Ça marche à chaque fois. » Ou alors, il faut payer plus cher. « Pour 60 euros, je les laisse me caresser les cheveux, le visage. » Pour 75 euros, « je fais des trucs ». Des trucs ? « Oui, je me déshabille complètement, par exemple. »

Je l'écoute, écœurée, fascinée. Iliana parle des clients avec franchise et simplicité. A bien y réfléchir, ce sera le seul domaine abordé si facilement. L'amour, ses parents, son proxénète : elle n'en parlera jamais avec autant d'aisance, comme quelque chose qui est détaché d'elle.

Je n'avais jamais senti une telle distance entre une personne et ses actes. Iliana est à des années-lumière de ses clients, mais aussi du monde qui l'entoure, et de sa propre vie. Elle tourne dans le vide, déconnectée. Elle peut s'envoyer en l'air avec le serveur du café, se lever et partir, se trancher les veines devant moi ou ne rien faire. Tout cela reviendra exactement au même. Le seul argument qui pourra définir des priorités, c'est l'argent qu'elle peut gagner.

La nuit, le trottoir se déroule comme le tapis rouge des désaxés. On y vomit sa violence, son désir sexuel, son argent, sa solitude ou sa haine. Cette frange de bitume, lisse et droite, fait

office de dernière bordure avant le gouffre de
la folie – un autre monde encore, qui vient
doucement cogner le bord du trottoir pour se
rappeler à lui. Iliana se tient là, debout parmi
les autres et, pour la première fois, je n'ai pas
envie d'aller la chercher. Iliana s'est perdue ici,
comme les autres filles, mais son histoire n'appartient qu'à elle. Je suis chargée de l'écrire,
pas de la modifier. Cette décision revient à
Iliana.

Ce rapport soudain égalitaire, qui relève du
respect élémentaire (pourquoi ai-je tardé à
l'adopter ?), me met plus à l'aise. Le perçoit-
elle ? Sans doute, car, la fois suivante, dans le
même café peuplé de riches Américaines sep-
tuagénaires, qu'Iliana ne voit même pas, je me
sens moins tendue. En sortant mon cahier,
j'annonce en souriant : « Sujet : Iana. » Et cette
autonomie que je décrète pour elle, cette éga-
lité, non de situation, non d'avenir, mais de
personnes, décidée au moment précis où nous
nous voyons, lui fait peur et l'intrigue à la fois.
Il n'y a plus de déséquilibre : j'attends d'elle
ce qu'elle voudra bien me confier. Dans notre
échange, je lui donne sa part de responsabilité.
J'ignore encore que cette petite modification va
lever les vannes. A partir de cet instant, je la
sens qui range les armes, et la langue va pro-
gressivement se délier.

Dans le cadre de son travail, Iliana reste classique. Elle peine à exaucer les demandes précises des clients. Elle n'a jamais accepté la sodomie. Récemment, l'un d'eux s'est arrêté au volant de sa voiture, il était maquillé en femme, avec de longs cils et la bouche rouge. Iliana a détourné la tête. Un autre lui a demandé de le taper. Un autre encore de se masturber avec un vibromasseur, devant lui. Doté d'un sexe minuscule, a-t-il avoué, il ne pouvait pas la contenter. Iliana rit en racontant cela, d'un rire froissé par le mépris.

Comment fait-elle pour ne pas être dégoûtée ? Elle ne regarde jamais leurs visages. Jamais. « Trop moches », lâche-t-elle. Et, pendant que le client la pénètre, elle pense à autre chose. « Je pense très fort à ceux que j'aime. » Elle ajoute : « Aux vacances. » Mais quelles vacances ? Depuis quand part-elle en congé ? Aux vacances, c'est tout. A la magie que recouvre ce mot. Aux souvenirs qu'il libère. Aux images qu'il promet.

Elle dit que le pire, ce n'est pas de devoir coucher avec des inconnus à la chaîne. Ce n'est pas non plus d'entendre au téléphone la voix de ses parents, ni de vivre dans la peur de la violence. Le pire, selon elle, c'est l'odeur.

Iliana dit que personne ne peut imaginer ce qu'est cette prostitution tant qu'un client n'a pas enlevé son pantalon. Un mélange de crasse et de sueur, à peine couvert par du parfum. Parfois, le sexe des clients sent tellement mauvais qu'elle est obligée de baisser les vitres de la voiture pour ne pas vomir. Aucun n'a l'air de comprendre. « Ils croient que j'ouvre parce que j'ai chaud », grince-t-elle. En rentrant à l'hôtel, elle prend une douche, « avant même de compter l'argent ». Elle en a tiré une conclusion : « Les Français sont sales. »

Elle me dit tout cela, lentement, et je suis fascinée par ce détachement étrange qu'il faut opérer pour survivre. Et, lentement, je la sens fascinée par la fascination qu'exercent sur moi ses mots. Elle prend conscience que son histoire a une valeur. Elle réalise aussi la présence de mon monde, elle constate mes horaires, mes impératifs, mes projets, tout cela s'approchant d'une certaine paix. Je suis fascinée, elle l'est en retour, et je me demande si ce jeu de miroirs perdurera encore une fois le livre écrit.

Je sens bien que la normalité l'attire. Pourtant, elle ne me demande rien. Elle ignore où j'habite, si je suis célibataire ou non, si j'ai des enfants, ce que j'écris. Elle ne me posera jamais aucune question.

Combien d'hommes autour de moi sont clients ? Peut-être qu'Iliana connaît un voisin, un de mes amis, un collègue. Comme le désir masculin est étrange ! Et mon ami, pourrait-il se contenter d'un corps à acheter, pour dix minutes ? Il me certifie que non. Mais personne ne peut savoir.

Elle n'a jamais passé une seule nuit avec un client.

« Pourquoi ? » Long silence. « Mais parce que les clients sont horribles, si tu savais ce que c'est, un client... » « Non, je ne sais pas. C'est un type comme les autres. » Long silence. « Oui, justement. Je ne peux pas. Je ne peux pas rester une nuit entière avec un type comme les autres. »

Il y a des exceptions. Une nuit, elle est restée trois heures avec un client. C'était « un habitué ». Pendant cinq mois, il est venu une fois par semaine. Il avait 28 ans, il était tendre et gentil. Il pouvait l'amener boire un verre « après ». « On parlait beaucoup, sourit Iliana. On rigolait aussi. On était comme des amis. » Elle ne l'a plus jamais revu. Plus tard, elle a connu une relation semblable avec un nouvel habitué – « On a fait six passes ensemble ». Un homme de 35 ans, célibataire, « bien habillé ».

Cette fois, il l'a emmenée chez lui, dans un grand appartement de la banlieue parisienne. Après l'amour, ils ont discuté. Iliana lui a confié son rêve : aller à Eurodisney. Alors le client l'a emmenée un après-midi à Eurodisney. Ils ne se tenaient pas la main, mais ils riaient, ils parlaient... « Comme des amis », à nouveau. Ce jour-là, Iliana s'est transformée en gamine sautillante. Pop-corn, train fantôme, labyrinthe en stuc... Elle en garde un souvenir éblouissant. L'homme prodigue, lui, a disparu. Il n'est plus jamais repassé sur les boulevards. Qu'a ressenti Iliana ? Rien. Il s'était montré gentil, il a disparu, c'est ainsi. La marche du monde est sans pitié. Elle aspire les beaux sentiments comme un monstre à bouche ouverte, il faudrait être idiot, ou naïf, pour envisager les choses autrement.

Iliana – « Katia » –, moulée dans ses combinaisons de cuir ou en faux lépoard, se maquille beaucoup. Ses paupières sont fardées, parsemées de paillettes. Sa bouche, foncée de rouge, ressemble à une menace. Elle a toujours un petit sac avec elle. Il contient : des préservatifs, du gel lubrifiant, des kleenex, des cigarettes et un parapluie. Elle dit que c'est son uniforme.

Je la regarde vêtue de cet uniforme. Tout au fond, les prostituées me font peur, à moi et à tant d'autres. Les talons hauts, le maquillage criard, et ce corps à vendre. Tout ce que nous, habitantes de mon monde, nous obstinons à fuir. La vulgarité. Le sexe brut. La violence, si palpable, vivante, comme un défi à notre bon sens civique. La solitude. La facilité – nous, les filles d'aujourd'hui, nous aimons tant obtenir quelque chose après nous être bagarrées. Tout cela crée une nébuleuse inquiétante et visible, sans être réellement menaçante, puisque nous pouvons passer devant elle, simplement. Cette détresse ne réclame rien, ne blâme personne. Cette détresse est inoffensive. Nous pouvons passer.

Et pourtant, les images nous poursuivent. Pourquoi cette beauté très violente, très agressive, met-elle si mal à l'aise ? Parce que, plus profondément, cette beauté est celle du fantasme, dont les prostituées connaissent par cœur la comédie. Une bouche rouge, ou des talons hauts : quelle fille n'a pas l'impression, alors, de provoquer, d'être plus attirante ? Iliana désacralise ce qu'une fille a de plus intime : son pouvoir sexuel. Et non seulement elle le désacralise, mais elle joue avec, elle le malmène, le broie, l'offre à la rue, aux inconnus, elle exhibe ce pouvoir comme la preuve éclatante de sa victoire sur un monde normé. C'est peut-être cela : le maquillage criard, les cuisses à l'air, et même les cernes, les visages empâtés

ou hagards, nous renvoient à la figure nos limites, nos masques, nos trêves avec nous-mêmes.

Sur le trottoir d'Iliana, les filles sont en veste,
parfois gantées, disséminées en petites grappes.
Elles travaillent en face de travestis chinois.
Ceux-là sont à moitié nus sous leurs manteaux,
qu'ils ouvrent chaque fois qu'une voiture passe.
Ils travaillent « comme des fourmis », au dire
d'Iliana. C'est normal, d'après elle, « les Français sont devenus un peu pédés, avec le
temps ».

Parfois, une voiture s'arrête, un travesti
monte. La voiture fait dix mètres, puis la portière s'ouvre et le travesti est projeté sur le
bitume : le client croyait réellement avoir
affaire à une femme. Alors, sur le trottoir d'en
face, une vague de fou rire secoue les prostituées.

Ce soir-là, après nous être quittées sur un
signe de la main, je marche dans la rue, je
regarde les gens avec méfiance. Je regarde les
filles et je me demande combien d'entre elles
travaillent comme Iliana. Le ballet que joue ce
garçon brun, qui tente visiblement de séduire
une fille, juste sur le trottoir d'en face, m'apparaît grotesque et décalé. Le type gesticule, sourit, et la fille finit par rire. Pour quoi, pour qui

tout ce cirque ? Pour amadouer la sécheresse des rapports humains ? Pour voir en l'autre, un court instant, une possibilité de répit ? L'espoir d'une issue m'apparaît comme un privilège. Qui en désigne les chanceux, et ceux qui en sont privés ?

Depuis trois mois, Iliana a un client régulier. Il s'arrête en voiture une fois par semaine. Elle a couché douze fois exactement avec lui, et elle ignore son prénom. Il se montre très respectueux, mais « il n'aime pas parler ». A ma grande surprise, Iliana en est blessée. Pas de coucher en dix minutes, ni d'être payée pour ça. Non, elle est blessée parce qu'il ne parle pas du tout. Bien sûr, Iliana déteste la logorrhée de certains clients, qui l'abreuvent de mots et prennent les prostituées pour des psys. Mais, de là à rester muet... « Je me sens vraiment un objet », glisse-t-elle. L'idéal, pour elle, relève de la politesse minimale, des petites phrases d'usage et de courtoisie toutes simples. Ce n'est pas normal ; c'est l'idéal, qui, comme chacun sait, n'arrive jamais.

La plupart des clients posent une batterie de questions : tu as un petit copain ? Tu viens d'où ? Tu couches avec les filles qui travaillent à côté de toi ? Depuis combien de temps tu fais ça, etc. A chaque fois, Iliana ment. Ces questions lui permettent de s'inventer des vies. Parfois, elle est mariée, mère de famille. Ou bien elle fait partie d'une grande fratrie. Elle peut être moldave, ukrainienne ou roumaine – mais, depuis qu'un client lui a parlé roumain, trop heureux de pouvoir enfin dialoguer dans sa langue maternelle, elle a écarté ce mensonge. Très souvent, les clients lui demandent ce qu'elle fait de ses journées. Iliana répond qu'elle est très riche, et qu'elle dépense son argent dans des boutiques de luxe. Les clients lui demandent aussi si elle couche avec Magdalena, la fille qui travaille à côté d'elle. « Bien sûr », répond Iliana. Alors ils lui proposent « un truc à trois ou quatre ». « C'est privé », rétorque-t-elle. L'un d'eux a quand même proposé 450 euros pour coucher avec les deux filles. Iliana sourit en racontant cela. Mentir, c'est une façon d'oublier.

Soudain son regard se durcit, elle dit, le regard haineux : « Les clients se prennent pour des dieux. » Elle cite le patron de son hôtel, qui, derrière son comptoir, a observé cette locataire sortir après 21 heures, très maquillée, moulée dans une combinaison de cuir. Il a frappé à sa porte pour lui demander s'il était possible de lui « faire des choses » gratuitement. « Gratuitement, s'écrie Iliana, tu te rends compte ? » J'essaie. Si je comprends bien, ce n'est pas la démarche du propriétaire qui la choque, ni de devoir éventuellement coucher avec lui, mais d'envisager de n'être pas rémunérée. L'insulte est là. Le reste est normal.

Ce propriétaire fait partie de cette nébuleuse nocturne et lâche. Dans le monde d'Iliana, on se tait. On profite, la bouche cousue. La notion de l'Autre est soumise à d'étranges restrictions. L'Autre n'existe pas en tant que tel, il est porte-monnaie ou corps, ou bien violence. Iliana ne dira jamais « bonjour » à un voisin et, si elle assiste demain à une agression, je ne suis pas sûre de sa solidarité.

Elle dirige ses clients vers un parking, à quelques centaines de mètres du trottoir. Au début, le gardien du parking n'a rien remarqué. Puis il a compris. Il laisse faire. Parfois, il regarde. Il colle son nez à la vitre de la voiture, une minute ou deux, puis il repart faire sa ronde. Les clients détestent ça. Iliana, elle, s'en contre-fiche. « Je travaille, dit-elle. Toi, ça te gêne qu'on te regarde quand tu écris ? » A bien y réfléchir, non. Ça ne me gêne pas d'être regardée quand j'écris. Mais sa question fait naître un doute. Ecrire un livre, c'est donner en pâture une partie de son intimité. Ecrire nécessite donc la mise à mal d'une certaine forme de pudeur.

Et suppose que l'on soit prêt à gagner de l'argent en vendant cette intimité. Est-ce que les ressemblances s'arrêtent là ? Ou bien dois-je considérer différemment les livres offerts à l'œil sur les étals des librairies ?...

Iliana préfère les « vieux », comprendre : les cinquantenaires. D'abord « parce qu'ils tiennent les portes ». Ensuite « parce qu'avec eux, c'est cinq minutes tout compris », dit-elle. Une de ses copines voyait régulièrement un client de 70 ans, visiblement très attaché à elle. Le client ne pouvait plus avoir d'érections. « Drôlement pratique, songe Iliana. Je ne sais pas à quoi ça ressemble, un vieux sans habits, ni ce qu'il pouvait bien faire à ma copine, mais en tout cas, c'est pratique. »

Elle déteste les jeunes, répartis en deux catégories :

Premièrement, ceux qui prennent leur temps. Or, Iliana aime quand ça va vite. La passe doit être la plus brève possible. Certains clients parlent sans arrêt. « Ils parlent, ils parlent, alors qu'on doit coucher ensemble », tonne-t-elle, scandalisée. Puis : « Ce n'est pas normal. Après avoir parlé, ils couchent plus lentement. »

Deuxièmement, ceux qui volent, battent ou violent les prostituées. Toutes les filles ont des problèmes avec les jeunes clients, d'après

Iliana. Un associatif confirme : la hantise des
prostituées s'appelle le vendredi soir. Les
voyous des banlieues viennent « casser la
pute ». Le jargon est limpide. Les travailleurs
sociaux voient souvent se dérouler ce scénario :
une voiture pleine de jeunes excités s'arrête
devant une fille. Cette dernière, terrifiée, appelle son mac sur son portable, pour lui demander d'intervenir. Mais elle raccroche finalement, et monte dans la voiture. « Si elle refuse
de se laisser frapper par ces types, elle sera
tabassée par son mac », résume un associatif.
Au menu : viols, humiliations et castagne. Dans
ce monde-là, personne ne s'insurge. La révolte
est paralysée par la peur.

Souvent, les filles subissent autant de brutalité de la part des clients que des proxénètes.
La violence de la rue est à leurs pieds. Elle
remonte sans crier gare, et saute aux visages
de ces filles debout. Cette violence jaillit chaque soir des fenêtres des voitures, sous forme
d'insultes. Les prostituées reconnaissent la
façon dont les voitures ralentissent. Elles savent
tout de suite s'il s'agit d'un client ou d'une
agression verbale. « On est là, murmure Iliana,
on se fait insulter, et on ne peut rien faire. On
ne peut pas répondre. J'entends "salope", "sale
pute", on parle de moi, et je ne bouge pas. »
Elle regarde son téléphone portable : c'est le

quatrième acheté en deux mois. Iliana connaît le déroulement par cœur : un client, une passe, une claque, le portable arraché, le porte-monnaie vidé, une main qui la projette hors de la voiture.

Les moyens peuvent être plus dissuasifs. Une nuit, au moment de payer, le client sort un couteau. Il appuie doucement la lame contre la gorge d'Iliana : « Donne ton fric. » (Iliana hausse les épaules devant ma mine consternée. Cette agression doit être considérée comme mineure et routinière.)

Un autre soir, un client veut aller à l'hôtel. Iliana monte dans sa voiture. Mais il passe devant l'hôtel, prend le périphérique. Il roule vite. Arrivée au Bourget (Iliana écarquille les yeux, comme si Le Bourget était une île lointaine et dangereuse). L'homme coupe le contact. Ils font l'amour, puis il se jette sur elle et la frappe. « Donne ton fric. » Puis il la propulse dehors. Terrorisée, Iliana parvient à arrêter une voiture. Elle s'engouffre sans une hésitation, et lance l'adresse de son hôtel. A l'intérieur, il y a un couple. Chose extraordinaire : ces gens n'ont posé aucune question. Ils ont roulé vite, jusqu'à l'hôtel, sans prononcer une seule parole. Mais là encore, avec le recul, Iliana juge cette épreuve sans gravité. Ni violée, ni défigurée par les coups, encore vivante : pas de quoi pleurer.

A force de violence et de soumission, Iliana entretient un rapport très particulier avec son corps. Il semble que la relation à sa propre féminité soit désincarnée. Désincarnée, c'est-à-dire sans tendresse charnelle, sans conscience de son corps, puisque celui-ci n'est plus considéré comme quelque chose d'unique qui lui appartient. Alors elle peut avorter ou se fouler la cheville, elle ne le vivra pas comme une entaille à son intégrité physique. De la même façon, elle valorise sa silhouette, non pas par fierté, mais parce que le corps est *fait* pour attirer. C'est sa fonction. Son utilité.

Il faut ruser. Par exemple, elle n'aime pas ses seins. Elle les trouve trop petits. N'importe quelle fille choisirait de mettre en valeur une autre partie du corps, ajusterait sa garde-robe en fonction de ce complexe. Mais Iliana, elle, est persuadée qu'elle doit porter des pulls très moulants. Alors elle rabat ses longs cheveux noirs sur sa poitrine. Il ne lui viendrait pas à l'esprit d'enfiler une chemise ou un vêtement un peu plus amples, pour se sentir mieux. Non : elle rabat ses cheveux, obéissant ainsi à cette étrange définition du corps, cet « outil », dit-elle parfois. Iliana est donc incapable de séduire. Elle est incapable de mettre en application ce qu'une femme sait d'instinct. Elle peut draguer, aguicher, « chauffer », mais elle ignore ce qu'est la séduction, qui suppose qu'une femme se sente féminine, en harmonie avec elle-même, « bien dans sa peau ».

La solitude

Ce dimanche, Iliana s'est réveillée à 15 heures. Elle a essayé de travailler la veille, mais elle grelottait. Les clients étaient rares, il faisait trop froid. Elle s'est endormie vers 4 heures du matin. Elle dit qu'elle ne peut pas dormir avant.

Que fait-elle d'un dimanche ? Comme les autres jours, à ceci près qu'elle ne travaille pas le soir, « c'est dimanche, quand même », précise-t-elle. Dès qu'elle se lève, elle regarde la télé. Ensuite, elle va « marcher dehors ». Elle marche, sans but précis, elle se promène, ou bien elle erre, ça dépend. En semaine vient l'heure des préparatifs : une douche, une crème pour le corps, le maquillage, la tenue. Dessous, Iliana porte toujours des strings. Elle sort vers 21 h 30. Parfois, elle se sent vraiment seule. Elle dit qu'elle a souvent envie de pleurer.

Solitude épaisse, gluante, qui tient lieu de compagne, et qui colle aux vêtements d'Iliana, à ses mots, à ses projets immédiats. Lorsque Iliana me parle de ses temps morts, sa vulnérabilité surgit comme une couleur criarde et laide, qui saute aux yeux.

Son monde est avare en matière de réconfort. Elle pioche de la tendresse où elle peut. L'autre nuit, Iliana n'a pas dormi. Elle est restée avec un Portugais, qu'elle fréquente depuis plus d'un an. Lorsqu'ils se voient, cet ancien client ne la paye plus. Il l'appelle de temps en temps. Elle sait qu'elle devra coucher avec lui pour obtenir cette tendresse qui lui manque. A cela rien de surprenant : d'après elle, la race humaine fonctionne ainsi. Elle méprise cet homme autant que les autres, cela ne change rien, mais sa démarche relève de la survie : à l'intérieur, elle gèle, il lui faut une présence. Comment est ce garçon ? Elle se gratte la tête d'un air contrit. « Il est vieux », dit-elle. Au moins 35 ans. Il est tendre, et « ça me fait du bien ». Ils ont passé la nuit à l'hôtel Campanile, en banlieue parisienne. Mais le Portugais a une belle voiture, précise Iliana. Une BMW cabriolet. Elle adore.

Que se passe-t-il dans la tête de cet homme ? Pourquoi accepte-t-il de voir Iliana, et pourquoi dans un hôtel miteux des abords de Paris, lui qui roule en voiture de luxe ? Que représente-t-elle pour lui ? Sait-il seulement dans quel état il la recueille ? Je ne comprends pas. Iliana écarte les yeux, elle n'envisage pas que l'on puisse s'interroger ainsi sur les êtres, et, surtout, sur les hommes.

Dans le monde d'Iliana, personne ne s'interroge, faute d'interlocuteur. Sur les trottoirs, la solitude a trouvé son espace public. Les filles s'échangent des histoires qui ne les concernent pas directement. Elles font plutôt circuler des légendes urbaines. Comme n'importe quel monde, celui-ci a besoin de mythes, d'histoires emblématiques. On murmure qu'une prostituée a passé deux jours au commissariat, « presque toute nue ». On plaisante de ce client qui s'obstine à ranger les préservatifs usagés dans sa poche. Personne ne comprend pourquoi. Entre elles, les prostituées ne parlent que de ça : de la rue. Jamais d'elles-mêmes, de leur famille au pays, de leur dégoût ni de leur détresse, ni non plus des grossesses ratées ou du corps qui hurle. Elles parlent de la rue, et de ceux qui la peuplent.

Des types font du « porte-à-porte » sur le trottoir. Ils s'arrêtent auprès de chaque prostituée, et proposent leur butin du soir, volé dans la journée : des vêtements, des portables, des portefeuilles... Certaines marchandent. Les filles assistent, impassibles, aux échanges de dro-

gue, à l'absurde ballet de voitures de police
qui longent les boulevards, aux bagarres qui
éclatent entre deux putes, à la surveillance
muette des soldats des macs. Ces derniers vont
et viennent. Ils inspectent, ils regardent, certains ont l'oreille greffée sur un portable,
d'autres demandent déjà l'argent de la nuit
entamée. Des talons qui claquent, des moteurs
de voitures, des éclats de voix, et les visages
blêmes de ces filles, marquées par une terrifiante fatigue.

Leur isolement tient aussi à leur rôle. Elles
exercent un drôle de métier : recueillir les
déviances. Plantées sur le trottoir, elles attendent que les hommes se déversent, au sens propre comme au figuré. Chaque soir, elles permettent l'expression de ce qui est dissimulé au
grand jour. Elles sont payées autant pour écarter
les cuisses qu'en cette qualité de témoins de
l'ombre. Je comprends mieux cette auréole
mythique qui les entoure : dépositaires privilé-
giées des obsessions, de l'inavouable, les prostituées sont encore la garantie d'une espèce
humaine pleine de mystères. Elles incarnent la
promesse de l'énigme la plus intime qui soit.
Qui peut savoir ce que chacun fait de son sexe ?
Qui peut savoir de quoi se nourrissent les fan-
tasmes de l'Autre ? Qui peut savoir que tel cou-

ple, à la façade impeccable, cache des frustra-
tions telles que l'homme préfère les filles des
boulevards ? Qui peut savoir pourquoi un
homme qui aime sincèrement sa femme, qui
couche avec elle, qui n'est pas malheureux,
adore fréquenter les prostituées ? Personne,
sauf elles. Silencieuses et rapides, elles n'ont
pas peur des secrets. Elles sont les gardiennes
d'une certaine forme de solitude.

Je n'ai pas la prétention de rompre cette solitude. Face à moi, Iliana reste invariablement
seule. Le don l'effraie trop. Apeurée, elle n'est
pas non plus habituée à recevoir des autres. Au
début de notre relation, je lui ai collé une bise,
par réflexe, pour lui dire bonjour. Son visage a
pris une telle expression que je n'ai jamais osé
recommencer.

Mais un jour, je dois annuler un rendez-vous
avec elle, par téléphone. Elle reste froide et
polie et pourtant, pour la première fois, je la
sens déçue.

Elle n'a pas d'amis, juste deux ou trois prostituées, avec lesquelles elle sort de temps en
temps. Elles sont toutes issues des classes
moyennes des pays de l'Est ou des Balkans.
Aucune n'a plus de 25 ans.

Parmi elles, il y a Baressa, une Albanaise.
Contrairement à Iliana, cette fille a mis le pied

dans une nébuleuse mafieuse, mêlant la revente des filles, les viols et la torture. Ces filles ont transité par l'ex-Yougoslavie, véritable plaque tournante. Elles sont vendues une première fois entre 400 et 1 500 dollars. Elles seront revendues ensuite, en Bosnie ou en Italie, souvent violées, parfois torturées dans des maisons de dressage, avant d'arriver sur les trottoirs français. Un représentant de l'Organisation internationale pour les migrations (OIM) en Ukraine a déclaré avoir rencontré en Bosnie une fille vendue dix-huit fois.

Immergés dans ces réseaux tentaculaires et invisibles, les proxénètes travaillent selon trois méthodes : la première consiste à repérer leurs victimes dans des bars ou des discothèques. Parfois, la fille se prostitue déjà occasionnellement. Elle peut aussi être danseuse, hôtesse ou serveuse. Les proxénètes flairent le filon, entretiennent un climat de confiance jusqu'au moment où la fille est poussée dans le piège. La seconde méthode relève de la collaboration avec des agences de recrutement proposant de fictifs emplois de serveuse, d'hôtesse, de danseuse ou de baby-sitter en Europe de l'Ouest. La jeune femme accepte, même si elle sait qu'elle devra mettre en valeur son corps. Les proxénètes prennent en charge le voyage, jusqu'au trottoir. Il arrive que, dans le cadre de cette méthode, le proxénète soit de mèche avec la famille. Une prostituée raconte ainsi qu'une tante lui a proposé d'être serveuse en Italie. En réalité, elle l'a vendue, pour un prix estimé à 3 000 dollars, à des passeurs. La jeune fille sera revendue successivement à deux Hongrois, un Anglais, cinq Yougoslaves, et enfin à deux Albanais qui l'amènent en France, porte des Lilas à Paris. A chaque fois, elle est battue et violée. Quand elle a témoigné pour la mission parlementaire contre l'esclavage moderne, cette fille n'a cessé de répéter : « Je viens d'une famille bien. Je suis une fille bien », en pleurant. Troisième méthode : des créanciers, « toujours proches du pouvoir politique », m'informe-t-on, acceptent de prêter de l'argent à une entreprise, le plus souvent familiale. Les délais de remboursement se rétrécissent subitement, et ces créanciers embarquent la fille de cette famille en Europe de l'Ouest, pour qu'elle rembourse la dette. Face aux appuis policiers dont disposent les usuriers, toute tentative de rébellion est vaine.

Avant d'être piégée dans ce réseau, Baressa, elle, était serveuse en Albanie, puis elle a travaillé dans une boîte de nuit. Personne n'en sait plus. Ensuite, elle a été revendue plusieurs fois jusqu'en Hollande, transitant probablement par l'Allemagne et l'Autriche, les parcours les plus fréquents avant d'atterrir en Belgique ou en Hollande. Baressa a été frappée avec un chargeur de téléphone portable, avec un cintre, avec des chaussures. La torture consistait à la taper avec une botte, que le proxénète jetait ensuite à travers la pièce. Baressa devait aller la chercher, et la ramener pour qu'on la cogne à nouveau. Le jeu durait jusqu'à l'évanouissement. Ou alors, elle avait les mains liées dans le dos pendant que des hommes la tabassaient.

Aujourd'hui, Baressa est au bord d'une certaine folie (elle raconte que sa mère l'a abandonnée dans un bois, et qu'elle a survécu grâce à la bienveillance des animaux). Elle tient en équilibre entre deux mondes. J'apprends que cette forme de prostitution génère des folles. Certaines séquelles psychiques sont indélébiles. Les deux maladies mentales les plus fréquentes sont la mythomanie et la paranoïa.

Ces filles de l'Est ont commencé jeunes. Elles ont fait leurs premiers pas d'adultes dans un paysage étrange, où le sexe se monnaye, où les hommes frappent, où l'on ment à ses proches, qui sont loin – où il est possible, aussi, de gagner 900 euros en une nuit. Elles ont ingéré ces données. Par conséquent, travailler

« normalement » pour gagner 1 000 euros mensuels, compter sur quelqu'un, se coucher à
minuit, croire en demain, cela relève d'une
autre vie, avec d'autres habitudes, avec une
autre solitude aussi, plus épaisse encore que
celle du trottoir. L'esprit s'est livré à une gym-
nastique particulière pour intégrer la violence
de cette vie. Ce point de vue, qui suppose qu'on
ne se révolte plus, qu'on écarte les cuisses à la
demande, qu'on accepte de vivre avec un sentiment de détresse et de méfiance, est acquis.
Il est trop difficile à adopter pour pouvoir être
réversible.

Cependant, dans une sorte d'ultime sursaut,
Baressa tente de s'en sortir. D'abord, elle a pris
rendez-vous avec la police, pour tout raconter.
Ensuite, elle a rencontré un garçon de 20 ans,
et jure que son couple sera l'appui manquant
pour quitter ce milieu. Lui, il promet qu'il
l'aime à la folie. Il vit toujours chez ses parents,
qui voient d'un très mauvais œil sa relation
avec Baressa. Chaque soir, « il serre les
poings », dit-il. Hormis cette posture romanes-
que, il ne propose rien à Baressa. Elle le connaît
depuis deux mois, elle est déjà enceinte de lui.
Elle ignore son nom de famille.

Iliana aime bien cette fille, mais elle la voit
peu. Leurs rapports me paraissent étranges et

secs, mais ils n'étonnent que moi : dans ce monde, l'amitié peine à s'épanouir.

Baressa parle beaucoup. Elle est incroyablement fleur bleue, et ne jure que par le grand amour. Iliana n'est pas très volubile et ne croit qu'à la noirceur du monde. Elles s'observent mutuellement, comme si Iliana voyait en Baressa sa propre dégénérescence, comme si, de l'autre côté, Baressa voyait en Iliana le reflet d'un possible salut, l'espoir de s'en tirer sans basculer dans la folie. En même temps, elles portent un regard très dur l'une sur l'autre. Iliana pense que Baressa est déjà cinglée, et cette dernière juge Iliana inconsciente de sa « chance ».

Il y a aussi Magdalena. Elle travaille à côté d'Iliana. Elle a 25 ans, comme Baressa. Elle est moldave. Grande, brune, elle dispose d'une énorme paire de seins, qu'elle enserre dans des robes minuscules. Magdalena a une petite bouche, « mais elle parle beaucoup », précise Iliana. Comment Magdalena est-elle arrivée là ? Mystère.

Comme Iliana, Magdalena est indépendante. Elle a connu la même histoire : son mac est parti du jour au lendemain, talonné par la police. Magdalena vit à Montreuil avec son petit ami, un Roumain en situation irrégulière qui travaille dans le bâtiment.

Les deux jeunes filles bavardent en atten-
dant les clients. Magdalena, très autoritaire,
veille sur leur bout de trottoir. Elle peut insulter les inconvenants ou frapper les nouvelles
recrues. Au moins, elle n'est pas jalouse,
contrairement à cette Lettone brune qui occu-
pait auparavant sa place. A plusieurs reprises,
les clients de cette ancienne consœur avaient
préféré Iliana. Les voitures ralentissaient à sa
hauteur, l'homme s'apprêtait à ouvrir la portière, avant d'apercevoir Iliana. Le client se
ravisait en sa faveur. Furieuse, la Lettone ne
parlait plus. Magdalena, elle, se fiche complètement de savoir qui les clients vont préférer. Pourtant Iliana n'a pas complètement
confiance en elle. Selon elle, Magdalena frôle
la mythomanie. Elle invente un chiffre d'affaires rocambolesque. Ou bien Iliana lui demande
des nouvelles d'une fille avec laquelle Magdalena a passé la soirée, et cette dernière
s'obstine à répéter que non, elle n'a pas vu
cette fille depuis des mois. « Mais je t'ai vue
avec elle », s'indigne Iliana. Non. Magdalena
est sans nouvelles depuis des mois. Un autre
trait de caractère insupporte Iliana : au moins
une fois par jour, elle reçoit un message écrit
sur son portable : « URGENT. RAPPELLE-
MOI. M. » Une fois par jour, elle s'exécute,
le cœur battant, prête à entendre que son

proxénète est revenu, et une fois par jour, Magdalena s'écrie : « Heureusement que tu me rappelles vite. Je m'ennuyais. »

Mais Iliana ne prendra jamais le risque de se brouiller avec elle. C'est elle qui relève le numéro d'immatriculation des voitures qui emmènent Iliana, laquelle adopte le même réflexe quand Magdalena s'en va pour une passe. Depuis quand prennent-elles ces précautions ? Depuis qu'une voiture s'est arrêtée devant Magdalena, un soir d'automne. Un quart d'heure passe, elle ne revient pas. Iliana l'appelle sur son portable. Magdalena décroche, elle répond calmement, mais Iliana sent que quelque chose ne va pas. « Tu n'es pas bien, insiste-t-elle, dis-moi où tu es. » La ligne est coupée. Magdalena est dans une voiture, deux hommes ont rejoint le conducteur. Battue, violée, Magdalena endure le calvaire jusqu'à 2 heures du matin. Pendant une semaine, personne ne l'a revue. Elle est restée enfermée chez elle. Lorsqu'un soir, elle a réapparu sur le trottoir, moulée dans une de ses robes microscopiques, elle n'a pas dit un mot. Iliana n'a posé aucune question. Elle a pensé à cette fille qui travaille au bout du trottoir, violée par trois Polonais qui ont exigé des rapports sans protection. La fille s'est retrouvée enceinte. Sa grossesse s'est soldée par une fausse couche, sans que personne en connaisse la part de hasard.

L'amoureux

Aujourd'hui, Iliana est maussade. Elle fume beaucoup, et son regard est gelé. Pendant une heure, je m'épuise à essayer d'en comprendre les raisons. Finalement, elle se décide à me raconter qu'un vendeur du magasin GO Sport l'a draguée il y a quelques jours. Il l'a appelée hier. Alors ? Alors il l'appelle, il lui demande si elle a quelque chose de prévu ce soir. « Rien du tout. » « Bon, tu viens chez moi ? » balance le vendeur. Un énorme silence suit les mots d'Iliana. Est-elle déçue ? « Non, soupire-t-elle. Je ne m'attendais pas à ça, mais après tout... C'est tout le temps la même histoire, je crois ? » Iliana attendait un dîner, une séance de cinéma, quelque chose de banal. Quelque chose qui la change de sa normalité, à elle. Elle dit : « De toute façon, il n'était pas très beau. » Elle ajoute : « Je ne pourrais pas avoir une histoire avec un homme qui n'est pas beau. » Subitement elle a de nouveau son âge, 21 ans.

Que se passe-t-il dans la tête d'Iliana ? C'est très simple : elle souhaite de toutes ses forces oublier le garçon dont elle est follement amoureuse depuis bientôt deux ans.

Elle peut donc tomber amoureuse. Je suis stupéfaite. Il y aurait quelque chose d'intact dans ce monde-là. Par quel miracle ? L'esprit humain posséderait suffisamment de ressources secrètes pour préserver une zone vierge, offerte à l'attente ? Il n'y a pas d'acte plus innocent que celui de tomber amoureux.

La rencontre a eu lieu peu après son arrivée à Paris. A cette époque, Iliana se soumet à la tyrannie de son mac, et doit aligner les clients pour rembourser son voyage. Elle renonce lentement à revoir sa famille. Elle passe ses journées devant la télévision, pour apprendre le français. Elle n'a pas 20 ans.

Un soir, sur le boulevard périphérique, une voiture s'arrête devant elle, avec, au volant, un jeune homme au « physique d'Italien », d'après elle, même s'il est roumain. Il s'appelle Adrian.

Elle ne possède qu'une seule photographie de ce garçon. Je l'observe. Il a de grands yeux noirs et d'épais sourcils. Son visage, très ovale, se termine par un bouc. Il pose avec un demi-sourire malin, la joue contre celle d'Iliana. Elle,

elle porte un chemisier ajouré en dentelle noire, qui tranche avec sa bouche écarlate. Elle paraît fière et heureuse. Visiblement, ils sont dans un bar.

Adrian, donc, est venu comme client. Iliana prend sa respiration. Elle déroule d'une traite : « Il veut juste une pipe. Je commence, puis il me demande d'arrêter. On discute un quart d'heure, mais c'est compliqué, je ne parle pas encore français. Il veut boire un café, je dis non. Mon patron n'est pas loin. Le lendemain, j'y pense toute la journée. La nuit, vers 2 heures du matin, je reconnais sa voiture. Je lui dis que j'arrête de travailler à 4 heures. Alors il repasse. Cette fois, il me montre la tour Eiffel, puis il m'emmène dans un hôtel porte de Clignancourt, où nous faisons l'amour, sans payer. Il revient deux jours plus tard. Il m'emmène dans une discothèque, et me présente ses copains. Tous, ils veulent coucher avec moi. Adrian refuse, sauf pour son meilleur ami. Il dit : « Bon, vas-y, mais c'est juste pour cette fois. » Pour moi, ami ou pas, c'était un client comme les autres. J'aurais pu coucher avec les autres copains, c'est Adrian qui ne voulait pas. Il y avait deux interdictions : ses copains, et... des Roumains, comme lui. Un soir j'ai eu deux clients roumains, je lui ai dit, il était furieux.

Je ne sais pas pourquoi, de toute façon les Roumains sont bizarres. »

Elle se tait.

Nous reprenons.

Adrian est mécanicien. Il est en France depuis trois ans. Iliana peut comprendre cela. Elle dit qu'en Roumanie, la situation est aussi désastreuse qu'en Bulgarie : « Tu travailles, tu travailles, et tu restes pauvre. » Il a 24 ans, il fréquente les prostituées – il a beaucoup vu Magdalena auparavant –, il aime danser en boîte de nuit et participe activement à un trafic national de voitures volées et de pièces détachées.

A moi, il m'apparaît comme le prototype de la petite racaille, le genre de type qui s'aventure parfois dans mon monde, mais qui se sait exclu. Il peut être un dealer occasionnel ou fournir une pièce détachée de voiture. On m'a appris à repérer ce genre de petite frappe, souvent violente, aussi fiable que des sables mouvants. Mais, dans le monde d'Iliana, les garçons de cet acabit grouillent. Ils composent une norme. Iliana se méfie donc des hommes intégrés, avec un métier, une épouse, et se sent beaucoup plus à l'aise avec les voyous, le standard masculin qu'offre son univers.

J'insiste : « Adrian ne pouvait pas t'inspirer confiance, ce n'est pas possible. » « Si, s'étonne-t-elle, beaucoup plus que les clients habituels. » « Pourquoi ? » « Parce qu'il ne ment pas. » Je tombe de ma chaise. « Mais, Iliana, il vole, il accepte que son meilleur ami devienne un de tes clients, il ne te pose aucune question et ne raconte rien de lui. C'est bien pire que de mentir ! » Elle m'observe d'un air accablé. Puis son pouce rejoint son majeur pour former un anneau qu'elle agite sous mon nez, elle articule, comme si elle s'adressait à un enfant, avec son accent qui roule les *r* : « Pas pa-reil. Tu comprends ? C'est pas pa-reil qu'ici. » Ici ? « Là », dit-elle en roulant les yeux pour désigner ce café, cette place, cette vie.

Adrian a beau lui inspirer confiance, il disparaît des jours entiers avant de resurgir sans un mot. Ce mystère plaît à Iliana autant qu'il l'angoisse. Elle n'ose pas assaillir Adrian de questions. Je crois qu'elle le craint un peu. Le craint-elle ? « Bien sûr », dit-elle en hochant la tête, comme si c'était une évidence. Elle ajoute : « Un homme, il faut le craindre, autrement, c'est une femme. » A nouveau, je tombe de ma chaise.

Et s'il cogne ? « Ce n'est pas grave. »

Et s'il viole ? « Eh bien, s'il veut coucher avec moi...

– Non, le viol, dis-je, sans le consentement de la fille, tu comprends ? » Alors c'est à son tour d'adopter une voix dure : « Mais dis-moi un peu, quand est-ce qu'une fille est vraiment consentante ?

– Quand elle est amoureuse ! » J'ai presque crié. Alors Iliana sourit, elle souffle, presque tendre : « Ah oui, peut-être, elle le veut peut-être, elle le veut. »

Iliana file son histoire d'amour pendant un an. Au lit, elle ne ressent pas grand-chose, mais elle s'en accommode. Elle ne simule pas complètement. Elle en rajoute un peu. Elle se plie aux exigences d'Adrian, terrorisée à l'idée de le perdre. Son attitude frise le degré zéro de la confiance en soi. Sa quête identitaire, la définition d'elle-même, le sentiment d'être quelqu'un, passe par le jugement d'Adrian sur ses aptitudes physiques. Alors elle oublie sa tête, et oblige son corps à la docilité et la performance. Faire l'amour alors qu'elle est fatiguée, qu'elle n'a pas envie ? Elle le fait quand même. Lui faire une pipe ? Elle déteste ça, mais elle s'exécute. La sodomie ? Elle n'aime pas non plus, mais elle accepte. Idée sous-jacente : il ne peut pas m'aimer pour ma tête, ce sera donc pour mon corps, il faut se montrer à la hauteur.

Ils font la fête ensemble, elle rencontre ses amis. Adrian s'est installé dans sa chambre d'hôtel (Iliana dit toujours « la maison »). Comment est-elle ? Souriante, ou bien aussi renfrognée qu'aujourd'hui ? Je ne sais pas. Lui caresse-t-elle le dos, le soir avant de dormir ? De quoi parlent-ils ? Et lui ? Lui, il n'est pas très tendre, m'explique Iliana. Il s'exprime peu. Peu de compliments, peu d'attentions. En revanche, il adore coucher avec elle. Dans mon monde, c'est un signe positif. Dans le sien, c'est commun, routinier, et ça ne veut rien dire du tout.

La preuve : plus le temps passe, plus Adrian se montre fuyant. Il invoque la discrétion que nécessite un trafic de voitures volées. Il est aussi de moins en moins gentil, de plus en plus exaspéré pour la moindre broutille. Il se met facilement en colère. Pourtant, aucune dispute n'a tourné autour du métier d'Iliana. Exception faite des clients roumains, Adrian semblait bien accepter la situation. Que ressentait-il lorsqu'elle se maquillait avant de descendre sur les trottoirs ? Faut-il de l'arrogance, de l'égoïsme ou de l'amour pour ne pas se sentir volé, ni sali ? Ou peut-être, secrètement, Adrian était-il fier que sa copine attire ainsi les hommes ?

C'était elle qui provoquait les disputes, parce qu'il la laissait seule « à la maison », sans nou-

velles. Je découvre une fille qui mourrait
d'envie d'être chouchoutée, rassurée. Mais
Adrian répétera toujours : « Je suis comme
ça. »

Lorsqu'elle parle de cette période, je vois se
dessiner, lentement, une béance affective, un
véritable gouffre. Au détour d'une phrase arti-
culée avec lenteur, je vois se profiler une
demande terrible, creusée chaque nuit, une
demande d'estime et de réconfort. Mais cette
attente est si profonde qu'elle donne le vertige.
Personne ne peut combler pareil besoin. Et je
sens bien qu'une rencontre, une seule, avec un
garçon hors de ce circuit, qui l'aimerait sincèrement et mettrait tout en œuvre pour entourer
Iliana, ne ferait qu'accentuer l'angoisse de
manquer encore d'amour, comme si la satisfac-
tion momentanée de la demande révélait une
demande plus forte encore, et ce à l'infini.

Une nuit, Iliana finit de travailler à 4 heures.
Comme d'habitude, pressée de retrouver
Adrian, elle se dépêche de rentrer à l'hôtel. La
chambre est vide. Sur le lit se trouve un mot :
« Je te rappelle pour t'expliquer. » Guidée par
l'intuition, elle fouille son sac. Toutes ses éco-
nomies ont disparu. 11 500 euros mis de côté
nuit après nuit, pour pouvoir rentrer en Bulgarie, et s'installer avec lui.

Pendant trois jours, Iliana reste sans nouvelles. Elle ne dort pas, ne mange pas, fume deux paquets de cigarettes quotidiens. Finalement, Adrian se manifeste. Il lui dit : « Ecoute, je vais te rendre ton argent. » Mais Iliana n'a cure de son argent. Terriblement blessée par ce vol, elle se fiche du montant de la trahison. « Te fatigue pas. Je ne te crois pas », lui répond-elle. Elle aura raison. Adrian ne lui a jamais rendu l'argent.

S'il lui avait demandé de tout quitter, aurait-elle osé franchir le pas ? Oui, affirme-t-elle. Elle ajoute : « Je ne pourrai jamais aimer comme j'ai aimé Adrian. »

Cet amour déçu l'affecte par-dessus tout. Iliana est capable de supporter vingt clients par nuit, la coupure avec sa famille, sa culture et sa langue, les dangers et les insultes quotidiens, mais elle ne supporte pas du tout la rupture avec Adrian, comme si un seuil de résistance était atteint.

Avec ce drame, Iliana touche un point de non-retour. Je suppose que c'est ainsi, que, palier par palier, s'effectue la dégringolade. La descente prend appui sur ces points de cassure, ces frontières intimes de la mémoire qui délimitent un « avant » et un « après », modifiant l'être humain et sa perception des règles qui régissent le monde. La mémoire d'Iliana est pleine de ruptures, elle ne saurait même se résumer à autre chose. Rupture familiale, puisqu'elle est loin de ses proches, rupture avec une enfance – les idéaux résistent mal à cette prostitution – mais aussi rupture avec une identité, un nom, puis rupture amoureuse, qui coupe les dernières amarres et l'entraîne loin, dans ce monde à l'écart.

Adrian ne l'a jamais perdue de vue. Il revient la voir parfois, en voiture. Il est accompagné d'une autre prostituée maintenant. L'inverse d'Iliana : petite et blonde. Chaque fois qu'Iliana parle de ce garçon, c'est-à-dire très souvent, elle fait preuve d'une lucidité enragée : ce type n'est pas fiable. Elle est encore très amoureuse de lui, mais ne l'a jamais rappelé. Il lui a proposé plusieurs fois de repartir avec elle, en lui jurant de s'améliorer. Iliana est restée inflexible. Non sans mal : quand elle raisonne ainsi, avec détermination, je la sens très émue. Les silences s'étirent, elle peut se taire des minutes entières, seule avec ses cigarettes et ses yeux froids.

Elle ira même jusqu'à vivre une histoire avec le meilleur ami d'Adrian, Yoann. Il est roumain lui aussi. Les deux jeunes hommes sont natifs de la même ville. Ils se ressemblent : yeux noirs, cheveux noirs, sourire malin. Yoann a

contacté Iliana après la rupture avec Adrian.
Motif : un problème avec son colocataire, il
cherchait un endroit où dormir (Iliana sourit,
complètement incrédule). Yoann est aussi
mécanicien, et lui aussi se montre tolérant. Il
ordonne mollement : « Ne va pas au travail »,
mais elle y va quand même. Comme Adrian, il
ne supporte pas qu'elle couche avec des Roumains. Ils sont restés quatre mois ensemble, et
il est reparti en Roumanie. Ils s'appellent régulièrement. Ils ne parlent jamais d'Adrian, qui
est certainement au courant de cette liaison,
affirme Iliana.

Yoann ne sera jamais aimé pour lui-même.
En lui, Iliana verra toujours le double d'Adrian,
à commencer par le physique. Elle souhai-
tera toujours qu'Adrian l'aime encore. Pas qu'il
revienne : qu'il l'aime encore. Je découvre, à
travers cet amour perdu, quelque chose qui n'a
jamais baissé les bras, un noyau d'espoir dur,
irréductible jusqu'à l'absurde – seul le besoin
d'amour alimente les vaines obstinations.

La psychologie de ces filles suppose la
démesure. C'est une question de survie men-
tale : pour garder l'équilibre, elles doivent toujours créer un contrepoids à leur détresse.
Ainsi, Iliana a désacralisé l'acte sexuel, mais
en échange, elle a surinvesti ce qui enrobe
l'acte sexuel, les caresses, la tendresse, les

mots. De la même façon, elle a vidé les relations humaines de ses composantes essentiel-
les : l'échange, la confiance, le don, pour ne
retenir que la méfiance. Mais, en retour, elle
surcharge la relation amoureuse de sens, et lui
donne une importance presque disproportion-
née. Pour elle, une démarche amoureuse, rela-
tive à la parole ou au geste, doit être valable
toute la vie. L'amour écarte les risques d'abandon, de trahison et de violence, qui appartien-
nent à la rue. Cette frontière presque caricatu-
rale est vitale, puisqu'elle lui permet de se
préserver. Alors une certaine forme de pureté
devient possible. Iliana affirme, en parlant
d'Adrian : « Je ne l'ai jamais trompé. Jamais. »
Je lui signale qu'elle a quand même couché
avec une centaine d'hommes pendant qu'elle
était avec lui. Elle tremble de colère, ses yeux
s'écarquillent, elle articule : « Mais ça, c'est
mon métier, ça n'a rien à voir. » L'idée
qu'Iliana pute ressemble à Iliana amoureuse
représente une véritable insulte. Je pense à ces
femmes mariées, qui tiennent parfaitement leur
rôle de mère et d'épouse, mais qui trompent
leur mari avec un homme qu'elles adorent, et
ne se sentent pas infidèles. Au pire, elles ont
l'impression de tromper leur amant. Ces filles-
là, comme Iliana, sont terriblement loyales vis-
à-vis d'elles-mêmes. Elles sont totalement à

l'écoute de leurs propres sentiments. Elles les acceptent sur-le-champ. On n'est jamais fidèle à quelqu'un, mais toujours à ce que l'on ressent pour lui. Si la fidélité se mesure donc à la lumière des efforts déployés pour obéir à ses propres sentiments, Iliana est la fille la plus fidèle que je connaisse.

L'enfance

Au serveur, Iliana commande toujours deux choses. Un café et un Coca, un café et un Perrier... Elle attend que le café refroidisse avant de le boire. « Le café froid retarde l'apparition des rides », explique-t-elle si sérieusement que je renonce aussitôt à rire.

Lorsqu'elle arrive, toute la salle la regarde. Elle avance toujours à petits pas, chaussée de ses talons hauts. Elle n'attache jamais ses cheveux. Parfois, elle est âgée de mille ans.

Je voudrais me montrer naturelle, je voudrais sourire, parler sans me surveiller, mais je n'ose pas. Jusqu'au jour où elle me dit, brusquement : « Tu ne peux pas savoir comme c'est bon de parler sans mentir. »

Aujourd'hui, elle a apporté un petit album de photographies. La plupart représentent un petit garçon aux cheveux bouclés, châtain clair, qui pose dans différents pyjamas. L'enfant affiche de grands yeux ronds, assis sur un canapé de velours fatigué, puis sur un fauteuil en poils blancs, avec, derrière, des rideaux de dentelle. Ou bien il appuie ses deux mains sur une table basse en verre, les yeux écarquillés. Sur certaines photos, Iliana le tient serré contre elle. Ce petit garçon, au prénom imprononçable, est son neveu. La sœur d'Iliana, prénommée Mira, a deux enfants, mais c'est celui-là qu'Iliana préfère. Mira est mariée à un chauffeur de bus, un type mou et gentil, et vit avec sa famille chez les parents d'Iliana. Les deux sœurs sont très différentes. L'aînée est petite, le teint mat, les yeux sombres, les traits presque chinois. Iliana est immense, la peau pâle, les yeux très clairs, le visage slave, comme le représentent les magazines.

Le père d'Iliana est ouvrier dans une raffinerie. Sa mère est couturière – Iliana veut faire ce métier. Les parents habitent encore la même maison dans un petit village, en pleine campagne bulgare. Aujourd'hui, sa chambre n'a pas bougé : il y a des peluches sur le lit. Nous abordons un sujet très sensible. Les parents d'Iliana sont sacrés. Elle les adore, ils lui manquent, sa voix tremble chaque fois qu'elle parle d'eux.

Je regarde des photos de son ancienne vie de famille. Pour le mariage de sa sœur, Iliana pose dans un tailleur blanc, très droite, aux côtés de ses parents. Ses cheveux sont massés en une énorme choucroute brune au-dessus de son front. Sa jupe couvre à peine le début de ses cuisses. Elle sourit de toutes ses dents. Son père est mince, presque chauve, la peau très mate. Il porte un costume gris et une cravate à motifs colorés. Sa mère est plutôt ronde et petite, les cheveux bruns sont permanentés, elle a les yeux en amande. Elle tient un bouquet de fleurs. Les parents affichent un léger sourire, figés dans cette pose solennelle. Les voici à la plage. Comme les deux sœurs sont différentes ! L'aînée est minuscule, anguleuse, la peau brune. La cadette est grande, très blanche, hilare. Une dernière photographie montre Iliana, âgée de 14 ans, et son père en train de danser, chez eux. Son père enserre sa taille, leurs deux mains se rejoignent en l'air. Iliana rit, la tête en arrière, et son père la regarde rire.

Faut-il qu'une fille soit masochiste, inconsciente ou complètement folle pour renoncer à ce milieu et préférer l'enfer ? Comment Iliana a-t-elle pu écarter tout son environnement sans frôler une certaine folie ? Les sciences physiques démontrent que certains matériaux, lorsqu'ils sont plongés dans une solution, subissent une altération, non seulement de la surface mais aussi de leurs composants essentiels, si bien qu'ils en ressortent méconnaissables. Et, si on les replonge dans un liquide qu'ils supportaient bien avant l'expérience de l'altération, ils ne le supportent plus. Comment Iliana, sortant de la prostitution, pourrait-elle vivre à nouveau en pleine campagne, dans son pays natal, et ressembler à ses milliers de congénères ? Comment pourrait-elle draguer dans les fêtes, écouter le chagrin d'amour d'une copine, vivre insouciante, avec ce qu'elle a vu des hommes, des trottoirs et du monde ?

Iliana adorait regarder son père rafistoler la voiture. Il l'a toujours appelée « mon petit garçon ». Je trouve ça bizarre.

Les parents souhaitaient tellement avoir un garçon dans la famille qu'à la naissance de leur première fille, la mère a refusé de ramener le bébé à la maison. Peut-être est-ce pour cela que Mira a toujours tourné la tête lorsque sa mère voulait l'embrasser. Iliana garde cette image en tête : le soir au coucher, la mère, très câline, serre Iliana contre elle, passe à l'autre lit, mais Mira tourne la tête, et ne lui tend pas les bras.

Iliana, de son côté, ne se comportait pas comme une petite fille. Elle était une enfant turbulente qui détestait les poupées, et qui s'ingéniait à inventer des bêtises. Je ne parviens pas à relier cet aspect de garçon manqué au rapport qu'elle entretient, aujourd'hui, avec les hommes. Mais je sens intuitivement la cause et son effet. Est-ce que sa haine des hommes vient de là ? Est-ce qu'elle *leur fait payer* une féminité volée ? Ou bien se donne-t-elle à eux parce qu'elle se sent coupable de n'être qu'une fille ? Pour le savoir, il faudrait une psychanalyse. Mais, quand je la vois se pomponner avant de descendre sur le trottoir, lorsque je vois son application à accrocher le regard des hommes dans la rue, je ne peux pas m'empêcher de penser qu'entre l'apparence si sexuée de cette fille et ce père qui l'appelait « mon petit garçon », il existe un lien.

Elle me montre ses cicatrices. Genou, coude, tête, menton, main... Celle de la tête est la plus spectaculaire. Iliana devait avoir 6 ans. Elle avait entraîné sa petite bande à construire une cabane dans un arbre gigantesque. Mais, au moment de redescendre, Iliana n'a plus osé bouger. Alors elle a fermé les yeux, et s'est laissée tomber. Bilan : le crâne ouvert, et le respect éternel des garçons de la bande. Un autre jour, elle avait 7 ans, elle est entrée dans une école par la fenêtre ouverte. Ses compères l'ont suivie. Les enfants ont mis la pagaille dans la salle de classe vide. Ils ont fait tellement de bruit qu'en passant devant le bâtiment, la mère d'Iliana a trouvé ce ramdam suspect. Elle a appelé la police, qui a brandi d'un air triomphant la gamine sous les yeux de sa mère effondrée. Iliana confie ce souvenir d'enfance avec des larmes dans les yeux. J'ai l'impression que sa mère est juste derrière mon dos.

Je pense que, lorsqu'elle rentre en Bulgarie, Iliana revient en arrière. Elle redevient une petite fille indépendante, qui n'a pas encore basculé. Ce réflexe régressif lui permet de se ressourcer, de se protéger, et de protéger aussi ses proches.

Les parents ne voient rien, n'entendent rien. Ou bien jouent-ils, eux aussi, une comédie ? Font-ils semblant de ne rien savoir ? Comment réagit-on lorsqu'on apprend que son enfant se prostitue ? Comment ne pas se sentir sali, comme lui ? A-t-on envie de le tuer, tant il nous renvoie l'image d'un échec cinglant ? A-t-on envie de le serrer dans ses bras, pour les mêmes raisons ?

Iliana, elle, se dit convaincue de l'ignorance de ses parents. « Ils ne savent rien, ils n'imaginent même pas que mon travail existe », assure-t-elle. Je n'en suis pas si sûre. Je suis même persuadée du contraire. Devant mes doutes, Iliana roule des yeux horrifiés. En réalité, je crois qu'elle a *besoin* de croire en l'innocence de ses parents. S'ils se mettent à douter, alors son ultime bastion s'écroule. Ils sont le dernier regard positif, et, d'une certaine manière, innocent, porté sur elle.

Lentement, Iliana s'abandonne. Parler de ses parents représente, je crois, un premier pas vers la confiance. Elle apprend à me regarder droit dans les yeux. Elle a du mal. Lorsque j'écris ce qu'elle me raconte, je veille à ne jamais la regarder en face. Si je lève la tête, si j'obéis aux règles élémentaires d'un entretien, non seulement elle se détourne, ou baisse les yeux, mais en plus, elle se tait. Mais je ne m'avoue pas vaincue. J'ai trouvé une ruse : j'écris, et je lui jette des coups d'œil furtifs. Le procédé la désarme. Trop bref pour être inquisiteur, trop flagrant pour être inoffensif, ce coup d'œil est un vrai problème. Je vois bien qu'elle hésite. Elle me regarde pendant que j'écris, tête penchée, et sans prévenir, je relève la tête, pour me replonger aussitôt dans mes notes. Parfois, elle baisse les yeux, trop tard : je les ai baissés avant elle.

Elle téléphone à ses parents au moins trois fois par semaine. Récemment, elle leur a dit qu'elle avait quitté son travail de serveuse dans un restaurant. Pourquoi ? Parce que ses parents lui demandaient sans arrêt comment se passait son travail, si son patron était content d'elle...

Parce qu'elle ne supporte plus de mentir. « Je mens assez comme ça », souffle-t-elle. Plusieurs fois, elle s'est emmêlée dans ses propres mensonges. Sur son petit ami. Sur ses horaires. Sur sa paye. « Ils retiennent tout, et moi j'oublie. » Elle se sent terriblement coupable. Bien en dessous de leurs espérances.

Elle dit aussi : « Mes parents m'adorent. J'ai beau faire des bêtises, ils m'adorent. » Alors, que s'est-il passé pour qu'une enfant visiblement gaie, vivante, entourée d'amour, se retrouve prostituée ? Peut-être cette interrogation n'est-elle qu'un cliché. On imagine facilement une prostituée flanquée d'une enfance abîmée, issue d'un milieu très modeste, où la violence le dispute à l'inconfort. La prostitution apparaît alors comme le prolongement attendu d'une détresse sociale. Mais dans les pays de l'Est, nombre de filles des classes moyennes, aimées, qui n'ont manqué de rien, sont prêtes à vendre leur corps occasionnellement, certaines de ne jamais déraper. Bien avant de rencontrer Iliana, j'avais vu à la télévision un reportage dans ces pays-là. Les journalistes s'étaient rendus dans un collège, pour filmer une entrevue entre une association chargée de prévenir la prostitution et des collégiennes. La scène était stupéfiante. Aucune adolescente ne semblait choquée. Beaucoup disaient : « Bien sûr, marchander son corps n'est pas recommandé, mais enfin, s'il le faut... » Les membres de l'association devaient s'arracher les cheveux. Dans la tête de ces gamines, la certitude qu'il existait un moyen rapide et discret de gagner de l'argent avait germé depuis longtemps. Depuis trop longtemps, pour des adolescentes de 15 ans.

Je suis presque sûre qu'Iliana ressemblait à ces jeunes filles. Son histoire est comparable à des milliers d'autres. Issue des classes moyennes, elle a voulu trancher avec son milieu d'origine, son éducation, son pays. L'exil massif de ces filles cache aussi une rupture générationnelle. Beaucoup parlent du sort de leurs parents avec un mélange de haine et d'effroi, décidées à ne jamais vivre à leur tour la privation et l'avenir bloqué. Iliana aussi vivait dans l'illusion d'une vie meilleure, sûre de « mieux faire ». Elle a avancé hypnotisée, confiante, et cette notion de confiance est capitale, parce qu'elle permet de comprendre comment un être peut sourire aux babines du loup.

Cette confiance amorce la dérive. Qui trouve-t-on à côté d'Iliana ? Des filles amoureuses d'un proxénète, assez confiantes pour lui obéir et rentrer dans le jeu de la prostitution. Des filles assez confiantes pour croire à une place de strip-teaseuse en Italie, et mettre ainsi le pied dans une foire aux corps. Des filles assez confiantes pour espérer pouvoir se prostituer occasionnellement, amasser beaucoup d'argent et rentrer ensuite dans la norme.

Je lui ai demandé de m'apporter de nouvelles photographies. Elle a refusé. Alors je l'ai ordonné. J'ai pris une voix mauvaise, une voix qui ne laisse pas entrevoir d'issue, une voix qui me fait horreur. Elle n'a rien dit, fidèle à elle-même, son visage a tout gardé, je n'ai rien pu y lire. Je suis rentrée chez moi mal à l'aise, avec l'envie sérieuse de me nettoyer, comme si le monde d'Iliana me contaminait. Voilà qu'à mon tour, je prenais ses réflexes : la brutalité pour obtenir quelque chose. Je me suis demandé à quoi ressemblerait le quotidien s'il était régi par des règles pareilles. Surtout, je me suis demandé sur quoi reposaient mes cadres, ce que définissaient mes codes, et j'ai eu peur. Ces valeurs et ces règles, intuitives ou enseignées, écrites ou non, dont le subtil échafaudage n'a d'autre but que de maintenir une existence, n'ont aucun fondement. Il suffit d'un léger coup d'épaule. Et je vois Iliana danser parmi ces ombres au bord de cet échafaudage, le menaçant d'un coup d'épaule, et riant de mon angoisse, de ma vulnérabilité.

La fois suivante, au café, Iliana a sorti, avec

beaucoup de réticence, un nouvel album. C'était très simple : il suffisait donc de commander pour obtenir. J'aurais donné n'importe quoi pour qu'Iliana me tienne tête, qu'elle me dise : « Ça ne se passe pas comme ça, change de ton, je n'amènerai pas ces photos si tu me les demandes ainsi. *Il y a des limites.* » Comme j'ai été bête ! C'était encore calquer sur son monde mes principes : personne, autour d'Iliana, ne dit « il y a des limites ». Subitement, je comprends Adrian. Il n'a pas cessé de dicter son autorité. Durant leur histoire, il a tout décidé : le lieu, les coïts, le temps accordé à leur couple, son devenir saboté. Il l'a traitée comme une pute. C'est si facile ! Il faut juste élever la voix au bon moment, et la peur émerge tranquillement, l'autre devient terre glaise. Pourquoi Iliana a donc cédé à mes ordres, et de quoi ai-je l'air avec cet album de photos qui ne m'intéresse plus ?

Mais je l'ouvre. J'écarquille les yeux. Pré-adolescente, Iliana est énorme. Elle a quinze kilos de trop. Son menton est avalé par sa gorge, ses joues sont gonflées comme un ballon, ses poignets font penser à des saucissons. Je relève la tête. Face à moi se tient une autre personne, mais cette différence n'est pas seulement physique. Plus tard, je comprends : ce qui me choque, c'est cet éclatant sourire sur son visage rebondi, cette malice dans les yeux verts, ces rondeurs parfaitement assumées. Iliana, laide, est heureuse. Ce décalage me saute au visage, entre cette adolescente replète, disgracieuse et si gaie, et cette jeune femme en face de moi, belle et sinistre.

Jusqu'à l'âge de 14 ans, Iliana était première en classe. Elle avait un an d'avance. Ensuite, ce fut la dégringolade. Dès qu'elle est partie au lycée, en ville, elle s'est sentie perdue. « C'était trop difficile. L'ambiance était différente. Personne ne se connaissait », se souvient-elle. Elle commence à se maquiller, se polit les ongles des soirées entières. Elle perd dix kilos, et saisit le regard des hommes dans la rue. Iliana, comme toutes ces filles, a des réflexes d'un autre âge. Elle rappelle ces siècles précédents où une petite villageoise, dans le cadre ouaté de la campagne et de la famille, se montre brillante. Hors de ce cocon, elle est submergée par la ville, qui l'aspire, la fait dévier, lui apporte une expérience humaine irréparable. Elle y greffe des croyances, des certitudes. Il faudra une violence proportionnelle à la puissance de ces illusions pour s'apercevoir du mirage.

Iliana rate l'examen d'entrée dans une école de styliste et décroche, à 17 ans, un diplôme de

serveuse-cuisinière. Elle hausse les épaules :
« Moi, cuisinière ! L'omelette, à la limite, je
sais faire. » Mais elle refuse de travailler dans
un restaurant pour 100 euros par mois. « C'est
si peu ! On n'est jamais tranquille avec si peu
d'argent. » Il lui suffit de regarder sa sœur pour
frémir d'horreur : à la même époque, Mira
déplace la voiture de leurs parents pour libérer
la route, et croise le regard d'un chauffeur de
bus qui passe devant elle. Elle l'épouse quelques mois plus tard. Aujourd'hui, Mira
n'exerce aucun métier, et vit chez ses parents.
Elle s'aigrit lentement. Elle passe son temps à
couver ses enfants et insulter son mari. Elle dit
qu'elle regrette tout, et que si elle avait su, elle
n'aurait jamais déplacé la voiture des parents.
Les jours de grande colère, elle met son mari
dehors. Il doit attendre devant la porte, parfois
jusqu'à minuit, que sa femme change d'avis.
Les parents, effrayés par la dureté de Mira,
n'osent pas intervenir.

   Très vite, Iliana n'a qu'un mot à la bouche :
« indépendance ». L'université ? Elle n'y pense
même pas. Iliana n'est pas à l'aise dans le système scolaire. Comme tant d'autres, elle vit
dans le fantasme de l'argent facile, mythe
d'autant plus tenace qu'il se nourrit de frustra-
tions permanentes. Elle se souvient de son père,
au chômage pendant deux ans, dans un pays où

« avec un travail, tu n'as rien ». Aujourd'hui, là où d'autres ont choisi des petits éléphants ou deux mains qui se rejoignent, Iliana a préféré le sigle du dollar pour figurer sur l'écran allumé de son téléphone portable.

La première fois

Iliana avait 16 ans lorsqu'elle s'est prostituée pour la première fois. « Avec une copine, on n'avait rien d'autre à faire. C'était intéressant, tu vois : c'était de l'argent facile, immédiat. » Cette copine s'appelle Nelly. Elle habite un petit village proche de celui d'Iliana, dans la campagne. Leurs parents se connaissent bien. Nelly a un frère, un véritable mystère humain aux yeux des habitants. Ce garçon a 26 ans, et passe ses journées à fumer sans rien faire. Il ne sort pas, personne ne connaît le son de sa voix, ni sa démarche. Il reste assis, à fumer. Ce qui se passe dans sa tête relève de l'énigme absolue.

Nelly et Iliana se rencontrent à l'école de la ville, et ne se quittent plus. Nelly est ronde, petite et blonde. Elle parle beaucoup, et raffole des blagues idiotes qui la font mourir de rire. Iliana est désormais mince, grande et brune. Elle se montre plus réservée. Une photographie les montre toutes les deux, devant une église couverte de neige, celle du village d'Iliana. Nelly rit, tout en courbes : sa joue ronde effleure son écharpe, son genou est légèrement fléchi, et ses bras se rejoignent en arcade sur le devant du manteau, pour tenir son sac. Iliana, elle, est complètement raide : les deux bras droits le long du corps, les pieds à égale distance, elle regarde l'objectif avec indifférence. Elle dépasse Nelly d'une tête. Aucune des deux n'est maquillée.

A cette époque, Iliana et Nelly sèchent régulièrement les cours du lycée. Iliana n'est plus vierge depuis six mois. Elle a perdu sa virginité à 15 ans et demi, « un 1er mai », avec un proxénète turc, rencontré par un vague copain, un élève de son lycée. Pendant quelques mois, ils se voient à l'hôtel, l'après-midi. Le proxénète est marié, il a un fils de 10 ans. Cinq ans d'écart avec Iliana !

A ce moment, elle se caresse seule depuis l'âge de 14 ans. La première fois, elle s'est sentie terriblement coupable. Plus tard, cette culpabilité l'a quittée. Aujourd'hui encore, c'est la seule façon d'arriver à l'orgasme. Elle ne s'épanouira pas sexuellement avec ce premier amant, pas plus qu'avec les autres.

Etait-elle inquiète des activités de son amant ? Pas du tout. « Ça me plaisait un peu.

Il faisait des choses interdites. C'était un peu sale, aussi. Je n'avais pas du tout conscience du danger. »

Nelly et Iliana passent donc des après-midi ensemble, à discuter, à regarder les films pornos et les feuilletons à la télé, à se promener en ville. Je ne sais pas en quoi la pornographie, consommée à haute dose, a pu influer sur la sexualité d'Iliana. Ce dont je suis sûre, c'est que ces films lui ont appris la simulation. Plusieurs fois, elle a suggéré cette capacité d'illusion, apprise devant un écran. Les cris, les soupirs, les ondulations du corps : cela aussi, c'est un mensonge, une barricade, un chagrin de plus.

Iliana et Nelly rêvent à voix haute de pays différent, de vie facile. Il leur faut de l'argent. Ce qui va suivre n'est qu'une question de logique. Personne ne parviendra jamais à abolir la prostitution, pour une raison simple : se prostituer est le moyen le plus simple du monde de gagner beaucoup d'argent en peu de temps. Cette donnée, dont la pérennité suffirait à convaincre, évacue toute réflexion. Elle oblige à penser autrement le phénomène prostitutionnel, en dépassant le débat de l'abolition ou de la permissivité, en accédant enfin aux crânes de toutes les Iliana et Nelly, pour qu'elles comprennent, avant de le tester par elles-mêmes, combien la recherche effrénée d'argent va leur coûter.

Un jour, les deux adolescentes plaisantent avec un chauffeur de taxi. Ce chauffeur promène des touristes et, au besoin, leur indique des filles. En riant, elles lui demandent de penser à elles si l'occasion se présente.

Elle ne tarde pas. Un après-midi, le chauffeur appelle Iliana. Il a un client pour elle. Iliana se déplace, mais juge le client « gros et moche ». Elle bredouille une excuse, et opère un demi-tour. Quelques jours plus tard, le chauffeur la rappelle à nouveau. Cette fois, ce sont deux Turcs en « voyage d'affaires », qui demandent une fille chacun. Nelly accepte. Les deux lycéennes se présentent en jean et baskets, dans un bar. Iliana n'éprouve aucune peur. Rien, pas même un pincement d'angoisse ? Rien. Personne ne lui a appris ce que valait un corps, le sexe est un sujet tabou dans sa famille, et, à l'entendre, le pays entier, sur ce sujet-là, souffre de sclérose du dialogue. « Ce n'est pas la culture », dit-elle. Elle dit que les magazines destinés aux adolescents n'apprennent rien, que les professeurs restent muets, et que les programmes de télévision affichent une pudibonderie exagérée. « Là-bas, personne n'est à l'aise avec le sexe », conclut-elle.

Avec ce premier client, elle est gênée. Le garçon est maladroit. Assez jeune, il n'est pas sûr de lui. « En plus, ajoute Iliana, il avait un petit zizi. » Ils passent trois heures ensemble, mais ne s'embrassent pas. Iliana met en pratique tout ce qu'elle a vu dans les films pornos, y compris l'enfilage de préservatifs. « Avec Nelly, grâce aux films, on savait quoi faire. » Elle se souvient de son premier achat de préservatifs dans une pharmacie. « Jamais je n'ai eu autant honte. J'étais rouge foncé. » Devant ce spectacle d'adolescentes gênées, le pharmacien n'a jamais dû songer que ces filles, mortifiées pour cet achat, allaient se prostituer avec deux inconnus...

Le premier client a payé 400 euros. Iliana s'était renseignée sur les tarifs. Le soir, comme d'habitude, elle dîne avec ses parents. Que ressent-elle, à table, alors que l'après-midi même elle s'est prostituée pour la première fois ? « J'étais sûre que c'était écrit sur mon visage. J'avais très peur que mes parents l'apprennent en me regardant. Mais je sentais surtout une... une différence. Je me sentais différente des autres filles. Ç'a été la seule fois dans ma vie où je ne me suis pas sentie normale. J'ai pensé que, petite, je jouais toujours avec les garçons, je n'avais aucune copine. » A-t-elle regretté ?

« Bien sûr que non. Je sentais l'argent dans ma poche. »

Iliana a recommencé deux mois plus tard. Avec le même client, à nouveau en voyage d'affaires. Nelly l'a imitée. Une fois, le chauffeur de taxi leur a envoyé un client « très, très beau, blond et musclé », qui hésitait entre Nelly et Iliana. « Je prends », a dit la première, « pas question », a rétorqué la seconde. La dispute a viré à la querelle de harpies. Nelly et Iliana se sont empoignées sous les yeux du type ahuri, qui a fini par remonter dans sa voiture.

« Je me souviens qu'à un moment, on a rigolé en disant qu'on en ferait notre métier », dit Iliana. Ses yeux ne rient pas du tout. La voix s'éteint doucement. « Si j'avais su qu'on partirait à l'étranger si longtemps, si j'avais su que ça se passerait comme ça... »

Aujourd'hui, Nelly est prostituée aux Pays-Bas. Elle est partie trois mois après le départ d'Iliana pour la France. Elle était amoureuse d'un garçon dont elle a compris plus tard qu'il était proxénète. Nelly l'a suivi, dans l'espoir d'une vie meilleure. Elle travaille dans un club – depuis bientôt trois ans, ses parents croient qu'elle est employée dans un restaurant. Iliana et Nelly s'appellent presque un soir sur deux. De quoi parlent-elles ? « De nos clients. »

Nelly est enceinte du barman, de trente ans son aîné, depuis quatre mois. Une photographie la représente très maquillée, les lèvres presque noires, une bague à chaque doigt, allongée contre son ami. Il porte une grosse chaîne en or et un pull siglé Versace. Il a l'air plutôt doux. Il sourit.

Pendant trois ans, Iliana et Nelly, âgées de 16 ans, se sont prostituées une fois par mois en moyenne, toujours par l'intermédiaire du chauffeur de taxi. Au bout d'un an, Iliana a arrêté de sélectionner.

Les clients connaissaient son âge. Ils le lui demandaient. A l'époque, elle ne mentait pas. Il lui arrivait aussi de passer une nuit entière avec un client. Elle disait à ses parents qu'elle dormait chez Nelly. En réalité, elle allait directement de l'hôtel au lycée. « Je sentais les autres jaloux, dit-elle. On avait de l'argent. De beaux vêtements. On se déplaçait en taxi. » En rigolant, elles disaient : « On travaille avec des garçons », et tout le monde riait. Quand ses parents l'interrogeaient, elle mentait. Elle promettait que Nelly lui avait prêté ces vêtements.

Elle a commencé à s'acheter de jolis dessous. Des strings, surtout. Sa mère lui demandait avec une moue effarée : « Mais comment

peux-tu porter ça ? » Les clients la complimen-
taient. Pour Iliana c'était important. A l'époque,
elle détestait déjà son corps.

Elle a appris toutes les positions. Elle a
appris à simuler, à faire des pipes à des inconnus, elle qui n'a jamais aimé ça, à laisser croire
aux hommes qu'elle prenait du bon temps. Elle
a appris à s'oublier, à agir sans son propre
assentiment. Maintenant, elle a l'habitude.
« C'est mécanique. » Iliana dit que le préservatif la sauve, parce qu'au moins il sert d'écran
entre la peau et sa bouche. Si ça ne marche pas,
ou si elle a mal aux mâchoires, elle continue à
la main. Toutes les prostituées font ça. Une fois,
Magdalena est revenue en disant : « J'ai fait
une pipe, j'ai mal à la main. »

Les avortements

Iliana est outrée. Un client, qui se dit « agent en assurances », lui a proposé de tourner dans un film X. Ce n'est pas la proposition qui la choque, mais le salaire. « Je m'attendais à 10 000, 11 000 euros, gronde-t-elle. Mais il voulait me payer 1 500 ! » Et s'il avait vraiment proposé plus cher, aurait-elle accepté ? Elle réfléchit. « Non, lâche-t-elle. Bien sûr que non. » Pourquoi ? « Parce que je n'aime pas mon corps. » Une bonne raison pour le punir chaque soir. Iliana ne commente pas.

Au bout d'une minute, elle ajoute qu'en plus, elle déteste le montrer. Je lui signale que son métier consiste à faire étalage de son corps. Mais elle rétorque : « Ce n'est pas moi, c'est mon instrument de travail. »

Elle continue : avant, c'était pire, elle était grosse. Elle a beau avoir minci, elle voudrait perdre encore trois kilos. Bien sûr, Iliana a très peur d'attendre un enfant. L'idée de grossir, d'être pleine, la répugne. D'ailleurs, le moment où elle déteste vraiment son corps, c'est « après avoir mangé ». « Je me sens coupable », dit-elle. De ne plus être désirable ? Etrange contra-diction de ces filles qui exhibent leur corps, vivent grâce à lui, et le malmènent en secret.

Aujourd'hui, nous ne sommes pas au café. J'ai invité Iliana dans mon appartement. Depuis une heure, elle n'ose pas bouger. Elle s'est assise très vite à la table de la cuisine, en regar-dant partout de son air méfiant. Elle ose à peine tourner la tête quand je lui parle. J'ai vu ses yeux tomber sur une photographie de mon petit garçon collé à la joue de son père. Elle a fixé cette image. J'ai cru qu'elle allait demander quelque chose, mais non. De mon côté, je ne lui donne rien non plus. Je sers le café, je sors mon calepin, sans livrer un seul commentaire. Je ne parle pas de l'endroit, ni du petit garçon, ni du grand garçon de la photographie. Plus tard, lorsqu'elle les rencontrera pour la pre-mière fois, je mesurerai, à son expression si heureuse, si reconnaissante, l'immensité de son attente.

En buvant son café, Iliana me parle de Baressa, son amie demi-folle, prisonnière d'un réseau, dont elle a eu des nouvelles. Aidée de son amoureux, elle a réussi à s'enfuir chez un ami, en province. Le rendez-vous avec la police est maintenu. Pour l'instant, elle se cache. Les représailles n'ont pas tardé : sa colocataire a été tabassée par son proxénète. La pauvre fille n'a pas pu dire grand-chose : Baressa a pris soin, en partant, de faire courir le bruit d'une retraite en Espagne. Et sa grossesse ? Elle est finie. Baressa a perdu son bébé. Comment va-t-elle ? Bien. C'est normal. C'est même inespéré : Baressa a avorté trois fois en un an, avec des coups de pied dans le ventre. Un travail soigné de son proxénète, trois fois responsable de ces grossesses. Au lendemain de ces accidents successifs, Baressa était remise sur le trottoir.

Devant ma grimace accablée, Iliana éclate de rire. C'est rare, mais de moins en moins rare au fur et à mesure de nos rencontres. Iliana rit de plus en plus souvent, surtout depuis que je n'essaye plus d'être drôle.

Elle rit toujours en regardant ailleurs. A chaque fois, ses lèvres remontent, et son regard glisse sur les alentours. On dirait qu'elle hésite à partager ce moment. Rire ensemble, c'est partager exactement le même état d'esprit, à la même seconde. C'est se tenir à la même distance d'une chose, et traiter cette distance de la même façon. Deux inconnus, deux amis, deux amoureux qui partent d'un éclat de rire, font partie des visions les plus troublantes du bonheur. Iliana, bien sûr, s'en méfie. Cette intimité l'intimide. Alors elle se montre réceptive, on la sent au bord d'une communion, mais, au dernier moment, avec ses yeux qui se détournent des miens, elle se dérobe à cette complicité. Elle se protège – ce qu'elle sait faire de mieux.

Je l'informe de mon inquiétude. Il me semble que ni Baressa ni elle ne soient calées sur la maîtrise de leur fécondité. Une association m'informe que la plupart des filles de l'Est et des Balkans ne connaissent absolument rien à la contraception en général, au cycle féminin, au mécanisme de procréation... Est-ce la mentalité de là-bas ? Leur jeune âge ? Les carences de l'éducation, scolaire ou familiale ? Leur mode de vie ? Un peu tout cela. A force, leur corps est considéré comme une machine, et non comme un organisme vivant. A l'inverse, les Africaines de l'Ouest sont incollables en matière de prévention. D'abord parce qu'elles sont moins jeunes. Ensuite parce qu'elles sont moins perdues : pour elles, le français n'est pas un barrage linguistique, elles n'ont pas été la proie de réseaux, mais de filières, parfois organisées depuis leur propre famille, elles se déplacent en groupes, le plus souvent bruyants... La parole circule. Ce qui ne signifie pas que leur sort est plus « enviable » que celui de leurs consœurs de l'Est. Mais elles sont mieux armées. « Très tôt, elles savent mettre un préservatif. Elles connaissent parfaitement le système organique. Elles en prennent soin. De plus, le rapport à la sexualité est très libre. Résultat : il est rare de devoir nous occuper d'une prostituée africaine enceinte », me précise l'association. En revanche, du côté des filles de l'Est, « il nous est arrivé de recevoir cinq demandes d'avortement par semaine ». Et, lorsqu'il est trop tard, l'abandon d'enfant est la solution la plus fréquente.

Cette association sillonne la périphérie de Paris en bus. C'est ici que ces jeunes prostituées se confient, alarmées parce qu'elles n'ont plus leurs règles depuis trois mois, ou parce qu'elles ont mal au ventre. Quelques questions mettent en lumière un préservatif déchiré, des rapports non protégés avec un client ou un petit ami. Il faut, aussitôt, prescrire une prise de sang pour déceler une contamination du virus du sida, et se renseigner sur l'âge de la prostituée. Très souvent, elle est mineure. Mais surtout, elle risque de devoir travailler enceinte. Les professionnels de la prévention précisent qu'une prostituée enceinte relève d'un « véritable fantasme ambulant », au profit du proxénète. En général, les filles reçoivent l'ordre de tapiner jusqu'au septième mois de grossesse. La mission gouvernementale, qui s'est rendue à Strasbourg, mentionne, effarée, l'accouchement d'une jeune femme sur le trottoir.

A 21 ans, Iliana a déjà connu deux avortements. Le premier a eu lieu un 4 août. Iliana me demande de noter scrupuleusement la date. Elle dit qu'elle ne pourra jamais l'oublier. A l'époque, elle était avec Adrian.

Quelques jours auparavant, elle a fait un test de grossesse. Positif. Fidèle à sa psychologie particulière, elle surinvestit l'événement. Elle y voit deux choses : la certitude qu'Adrian restera avec elle, puisqu'elle porte leur enfant. Et le début d'une autre histoire, à la saveur d'un berlingot rose et sucré. Pas une seconde, l'idée ne lui traverse l'esprit que le père puisse être un client. Ce serait encore tisser un lien entre l'espoir d'un monde meilleur et celui de la prostitution forcée. Le bitume colle à sa vie, retient chacun de ses pas, elle ne veut surtout pas l'associer à la promesse merveilleuse d'un enfant. Elle attend fébrilement Adrian et, lorsqu'il entre dans sa chambre d'hôtel, elle se précipite et lui annonce la nouvelle. Le couperet tombe : « On va régler ça. » Ce sont ses premiers mots. Adrian est furieux : il affirme que l'enfant n'est pas de lui, mais d'un client. C'est moins la responsabilité d'un enfant qui l'affecte qu'une paternité douteuse. « C'était impossible », insiste aujourd'hui Iliana. Impossible ? Mais que s'était-il passé pour qu'Adrian doute à ce point ? Un accident de préservatif avec un client, dix jours auparavant. Mais « impossible quand même », répète Iliana. Cet enfant est d'Adrian. Elle en est sûre. L'idée d'être enceinte d'un client l'horrifie tellement qu'elle ne l'envisage pas. Non, elle porte l'enfant de l'homme qu'elle aime, elle va tout lâcher pour s'occuper de sa nouvelle famille, ça y est, elle est toute proche de cet univers normal, où les filles aiment les hommes et réciproquement, où les enfants sont aimés par des parents qui s'aiment. Cet univers-là est très, très près d'elle, elle le sent passer contre sa joue, il suffit juste, encore, de l'assentiment d'Adrian et c'est gagné. Alors elle lui dit : « Je travaille encore quelques mois, pour gagner assez d'argent, ensuite nous rentrons en Bulgarie. » La gifle part toute seule. Iliana reste abasourdie. « Je t'interdis de dire ça, articule Adrian. Travailler enceinte, c'est dégueulasse. » Il ajoute aussitôt : « De toute façon, on ne peut pas le garder. » Il s'occupera de tout. Il retrouve la carte de visite d'une association, distribuée sur les boulevards. Il se rend à l'association, subit un entretien, ressort avec l'adresse d'une clinique et le nom d'un médecin. Hébétée, Iliana se laisse faire. Elle entend son rêve se froisser, se ratatiner sur lui-même comme une boulette de papier, et ce murmure la paralyse.

Le 4 août, Iliana entre en clinique en présentant son faux passeport. Adrian vient la chercher le soir. Elle pleure. Les jours suivants, elle pleure encore, « sans m'arrêter ». « Je me sentais vide », dit-elle. Vide d'une présence humaine, mais aussi vide de ce qui pouvait encore l'aider à tenir debout : la promesse d'une chance. Aujourd'hui encore, quand elle raconte cet épisode, les larmes lui montent aux yeux. « J'ai été si bête, dit-elle. Avec ou sans argent, je serais rentrée en Bulgarie avec notre bébé. Mes parents m'auraient aidée. »

Les mois passent, mais Iliana pense sans arrêt à cet enfant. Le couple se déchire de plus en plus souvent. Elle martèle qu'il aurait fallu le garder. Avec horreur, elle découvre qu'Adrian, maintenant, fait marche arrière. Il ne sait plus. Il dit : « Non, c'était une folie, je ne suis pas le père », et, plus tard dans la nuit, lors d'une énième dispute, il souffle : « Peut-être qu'il était de moi, alors oui, il ne fallait pas le perdre... » Iliana ne supporte pas cette hésitation. Elle songe à quitter Adrian, en sachant qu'elle n'y arrivera jamais. Finalement, c'est lui qui précipitera les événements. Peut-être voulait-il la punir de ce désastre. Peut-être cherchait-il à noircir davantage leur histoire afin qu'elle prenne fin, en générant une rancune suffisamment tenace pour qu'Iliana le raye de sa vie. Elle a une théorie plus simple : « Dans sa tête, il y a deux choses : le sexe et l'argent. » Je crois qu'elle a raison. « Je crois même qu'Adrian est un sale petit con qui n'a jamais aimé personne, qui a couché avec toi parce que, te concernant, c'est la première chose à faire, et qui visait ton portefeuille. Voilà ce que je crois. » J'ai dit ça d'une traite, pour la faire réagir. Mais je n'obtiens aucune réaction, pas un pli du visage, rien, sauf un mouvement, minuscule et terrible : un hochement de tête approbateur. Je le hais.

A l'inverse, le second avortement a ressemblé à une formalité. Iliana s'est présentée à l'hôpital la tête froide, décidée à en finir au plus vite. Ce détachement a une explication : cette fois, l'enfant n'est pas d'Adrian. Iliana et lui se sont séparés. Il est parti en Autriche, pour son « travail », elle est rentrée chez ses parents pour les vacances. Là-bas, elle tombe sur un ancien petit ami, Peter. Celui-ci a l'air très amoureux. Sur une photographie, Iliana et lui sont assis sur un canapé, devant une table basse dressée pour un dîner. Elle le tient par l'épaule et regarde sur le côté. Lui, il sourit, et l'on devine le mouvement de son menton prêt à se tourner vers Iliana lorsque le cliché a été pris. Il ressemble beaucoup à Adrian, comme lui ressemblait Yoann, le meilleur ami. Yeux noirs, cheveux noirs, sourire malin... Par leur ressemblance avec Adrian, Yoann et Peter perpétuent l'illusion d'un amour jamais enfui. Iliana a beau vivre dans un monde parallèle au mien, sa vie amoureuse répond à une logique universelle. En cela, elle est semblable à beaucoup d'autres, de son monde ou du mien, tous ceux, du moins, dont la vie amoureuse s'enroule autour d'une absence.

Peter connaît bien les parents d'Iliana. Sa mère l'adore, et ne cesse de répéter à sa fille qu'il ferait un bon mari. Il est poli, bien élevé, bref, « un con », dit Iliana. Elle couche quand même avec lui – « question de politesse », dis-je, et Iliana laisse échapper un petit rire, les yeux ailleurs –, mais « ce n'est pas une histoire », dit-elle, obnubilée par Adrian. Le garçon ne voit pas les choses sous le même angle : il aime Iliana, il l'a toujours trouvée belle et charmante. Il est visiblement sincère, et multiplie les promesses de bonheur. Iliana est à nouveau enceinte. Je m'énerve : « Mais tu ne prends pas la pilule ? Tu ne mets pas de préservatifs ? Tu ne fais pas attention ? » Elle se mure dans un silence réfrigéré.

Pour justifier son retour précipité en France, Iliana invente un nouveau mensonge : son petit ami a trouvé un nouvel appartement pour eux deux, il souhaite qu'elle rentre au plus vite. Elle fait ses bagages et retrouve Paris. Cette fois, sans Adrian, elle s'occupe de tout. Elle entre en clinique et ressort le soir, seule. Calme et soulagée. Elle ne ressent rien, promet-elle. Arrivée à l'hôtel, Iliana téléphone à Peter : « Je voulais simplement te dire que je viens d'avorter. »

L'année suivante, lorsqu'elle est rentrée à nouveau en Bulgarie, Peter l'a attendue à l'aéroport. Elle lui a montré des photos d'elle à cette époque, au moment où elle était enceinte de lui. Devant ces photos, comme si Iliana n'existait pas, comme si personne au monde n'existait, au milieu de l'aéroport ce garçon s'est mis à sangloter.

La peur

Rencontre après rencontre, nous nous lions un peu plus. Lorsque l'hiver est arrivé, je me suis surprise, un matin, à espérer qu'Iliana n'ait pas trop froid sur le trottoir.

Un jour, nous avons rendez-vous dans un restaurant. J'arrive en avance et j'insiste pour avoir une table tranquille, dans le coin « fumeur » : Iliana ne peut pas parler sans fumer. Le patron cherche pendant dix minutes. Finalement, il ajoute une table, deux chaises, demande à un couple de se déplacer, s'excuse auprès des serveurs qui devront slalomer jusqu'à nous. Iliana arrive. Immédiatement, elle roule des yeux affolés. « On ne peut pas rester ici, murmure-t-elle. Trop de gens. Trop de bruit. » J'ai l'impression qu'elle va s'évanouir. « Aucun problème », dis-je, en essayant de prendre l'air détendu. Nous nous levons sous les yeux du patron ébahi. Un serveur lance iro-

niquement, à travers la salle : « Au revoir ! »
Iliana ne cille pas.

Nous prenons ensemble le métro. Elle a peur.
Elle se cramponne à la barre et ne regarde personne. Iliana a pris trois fois le métro dans sa
vie. Les deux premières, pour aller rejoindre
son proxénète sur les Champs-Elysées, et revenir avec lui. La troisième, pour accompagner
la femme de ménage de l'hôtel dans un centre
commercial, une après-midi. « Je n'avais rien
à faire », explique-t-elle. Elle a eu tellement
peur qu'elle a appelé un ami pour qu'il vienne
la chercher. Je repense aux séquelles psychia-
triques les plus fréquentes observées chez ces
filles, à cette difficile survie psychologique.
L'agoraphobie d'Iliana signe le début d'une
paranoïa rampante. Sa méfiance, ses coups
d'œil inquiets, sa peur du dehors, des autres,
d'un autre, peuvent être les prémices de cassu-
res cliniques beaucoup plus graves.

Sa peur est contagieuse. Plus d'une fois, je
l'ai quittée avec la crainte de ne plus la revoir.
Je l'ai saluée de la main, j'ai tourné les talons
pour rentrer chez moi. Je me suis retournée
pour voir si personne ne la suivait. Je me suis
retournée, moi, pour être sûre de n'être pas
suivie. J'ai composé son numéro en espérant
qu'elle réponde. J'ai eu peur d'apprendre dans

le journal la découverte d'un corps, quelque part aux abords de Paris.

A un moment, j'ai presque envie d'arrêter nos rendez-vous. Je ne vois pas l'intérêt de me tracasser ainsi. Cette insécurité gangrène mon quotidien, je ne suis pas en paix. Que vaut l'attachement à un être lorsqu'il se teinte d'une inquiétude permanente ? Alors je prends conscience que si moi, j'ai peur, Iliana perdra pied. Elle mise sur notre différence. Elle a raison.

Nous voilà installées dans un café plus calme. Iliana respire, se détend. Elle a encore eu des nouvelles de Baressa. Depuis sa grossesse interrompue, elle ne parvient plus à joindre son petit ami. Il a changé de numéro de téléphone. Dans sa retraite provinciale, Baressa a renoncé. Elle a déclaré que ce garçon lui était égal, alors même qu'elle proclamait un amour indéfectible et se faisait une joie d'attendre un enfant de lui il y a moins de quinze jours. Elle annonce qu'elle retourne à Paris le temps d'un week-end, « chez un copain », malgré le risque de tomber sur son proxénète. « N'importe quoi. Elle dit quelque chose, puis le contraire, elle agit à l'inverse de ce qu'elle dit. On n'y comprend rien, c'est mouvant, c'est angoissant. »

Je ne sais pas laquelle de nous deux a prononcé ces mots. Nous sommes d'accord.

Iliana n'encourage pas, ni ne rabroue, Baressa. Elle ne lui pose aucune question. Il n'y a pas beaucoup de solidarité entre ces filles. La nuit, lorsque les bus de certaines associations sillonnent la capitale pour distribuer des préservatifs et du café chaud aux prostituées, il n'est pas rare que des bagarres éclatent entre deux groupes. « Place aux Noires, ce bus n'est pas fait pour les Blanches », tonnent les Africaines de l'Ouest, repoussant les filles de l'Est.

Iliana confirme cette mésentente. Pour preuve, elle me montre une méchante cicatrice au petit doigt gauche. L'incident remonte à quelques mois. Un soir, elle repère en face d'elle un morceau de trottoir vide. Elle traverse la rue, puis elle attend. Très vite, une « fille arabe » l'informe brutalement que ce trottoir est réservé : « Dégage », dit-elle. Pour toute réponse, Iliana dégaine une bombe lacrymogène et lui asperge la figure. La fille se sauve en hurlant. Iliana patiente trois jours avant de gagner son nouveau morceau de trottoir. La fille lui tombe dessus par-derrière, un couteau à la main. Surprise, Iliana parvient à se défendre, mais le couteau entaille sévèrement son petit doigt. Impossible d'aller à l'hôpital : sans Sécurité sociale, les soins coûteraient trop cher. C'est un pharmacien, habitué à ce genre de clientèle, qui bricole un pansement.

Dans le monde d'Iliana, ce n'est pas la fréquence des agressions qui étonne, mais la réaction de résignation de la victime. Iliana est-elle choquée par l'offensive de la prostituée ? Pas du tout – et d'ailleurs c'est Iliana qui, la première, a dégainé sa bombe. Récemment, une « vieille » – comprendre : une femme de 40 ans – s'est installée sur le trottoir, à côté d'Iliana et de Magdalena. Magdalena l'a rouée de coups de pied, jusqu'à ce que la prostituée se trouve hors du périmètre. Cette violence est normale. Autre exemple plus récent : il y a quelques jours, un groupe de prostituées maghrébines s'est approché d'Iliana. Aussitôt, les insultes ont fusé : « Salope », et : « Tu n'es pas chez toi, dans ce pays. » « Mais toi non plus », a rétorqué Iliana. Elle a senti un poing s'écraser contre son front. La scène s'est déroulée de façon si rapide que Magdalena n'a pas pu intervenir. Elle a ramassé Iliana, complètement sonnée. Le groupe s'était déjà éloigné. Alors ? Alors rien. Cette violence est normale.

Quiconque baisse la garde est perdu. Avec les autres prostituées, Iliana ne parle jamais bulgare. Elle a trop peur qu'on la repère comme une travailleuse indépendante qui devra intégrer d'urgence un réseau. Les indépendantes sont très rares, dans ce milieu. Les macs les ciblent vite. Iliana parle donc français au milieu des filles bulgares. Elle comprend tout, mais se garde d'intervenir. Elle feint l'ignorance. Les filles lui traduisent en français ce qu'elles viennent de dire... Iliana hoche la tête et fait semblant. Et, chaque fois qu'on lui demande d'où elle vient, elle invente un pays. Moldavie, Lituanie, Albanie... Au fond, Iliana passe sa vie à inventer. Auprès de ses parents. Auprès des flics. Auprès des clients. Auprès des rares personnes qu'elle rencontre. Lieu de naissance, métier, prénom... Sa vie s'organise autour d'une idée : ne pas se faire repérer.

Quand elle va au travail, elle ne prend jamais ses papiers, par peur d'être reconduite à la frontière. A-t-elle confiance en la police ? Certainement pas. Pourquoi ? Oh, les policiers ne sont jamais très violents avec les prostituées, « certains disent même "vous" ». Les contrôles d'identité relèvent de la routine. Les éclats sont rares, puisque les proxénètes, à chaque passage des flics, se cachent. Non, Iliana n'a pas confiance parce que beaucoup de policiers, lorsqu'ils passent en ronde, demandent à quelle heure elle termine, si elle est libre pour aller boire un verre. La réponse étant négative, ils se présentent eux-mêmes au volant de leurs voitures. C'est ainsi : Iliana a eu trop de clients flics pour croire une seconde au bien-fondé de leur mission. Le mot « clients » relève même de la supercherie : beaucoup montrent leurs cartes et ne payent pas. Fausse ou non, cette carte effraye trop les prostituées pour qu'elles osent se rebeller. Récemment, Iliana était dans un parking avec un client. La passe terminée, le type lui dit qu'il est policier. « J'ai pensé : "Oh putain, je suis finie" », commente-t-elle. Et voilà que le policier sort sa carte et lui annonce : « Je vais t'apprendre à reconnaître une vraie carte d'une fausse. » Tous deux savent parfaitement que nombre de prostituées se sont fait embarquer, puis violer, par des hommes munis de fausses cartes. Au final, ça lui a bien servi, à Iliana : « Maintenant je sais faire la différence. »

L'amoureux (2)

Iliana a un visage différent. Elle est plus pâle que d'habitude, elle a deux énormes cernes bleus, mais elle paraît très reposée, et très loin. Explication : elle a passé trois jours dans les bras d'Adrian. Il a appelé ce samedi, vers midi, « il a pris une voix tendre ». Et il est venu. Toujours les cheveux noirs, les yeux noirs, le sourire malin. Et, cette fois, il portait un jean et un pull beige à col V. Iliana, elle, lui a ouvert en chemise de nuit. Ils se sont parlé « comme si on ne se connaissait pas », puis le silence s'est installé. « Beaucoup de silence, ajoute Iliana, alors il m'a embrassée. » Ensuite, ce fut « comme si on ne s'était jamais quittés ». Elle a dormi quelques heures en trois jours.

Elle lui a dit qu'elle faisait un livre avec moi. Adrian a éclaté de rire. Il ne l'a pas crue.

Iliana n'a pas demandé s'il avait quitté sa copine, la prostituée blonde. La question ne lui traverse même pas l'esprit. Elle me rappelle

Baressa, qui laisse filer son petit ami sans sour-
ciller, alors qu'elle était enceinte de lui. Ces
filles sont-elles fatiguées de comprendre ? Fatiguées de devoir se battre ? Peut-on appeler cela
de la résignation ? Peut-être aussi qu'elles prennent la vie dans ce qu'elle a d'immédiat à offrir,
sans connecter les faits entre eux, sans établir
de lien entre elles et l'instant qu'elles vivent,
entre elles et la personne en face. Leur solitude
s'étendrait jusque-là ?

Nous parlons d'Adrian. Je voudrais savoir ce
qui, au juste, l'émeut tant chez ce garçon. Aussitôt, elle rectifie : « Rien, chez Adrian, ne
m'émeut. Mais tout m'impressionne. » Bel
aveu, qu'elle s'empresse de délayer : « Je veux
dire... Il n'obéit pas. Il n'accepte pas tout. »
Serait-il macho ? « Oui. Il est macho. Ce
n'est pas la femme qui commande. » Silence.
« J'aime cette autorité. Elle me rassure. »
Silence. « C'est comme si on m'aimait. »
Immense silence. « Moi, je ne suis pas comme
ça. Je n'ai pas cette autorité. Alors, je vais toujours vers ceux qui l'ont. Adrian. Magdalena.
Vladko. »

Vladko. Elle prononce simplement ce nom,
et elle tremble. Nous pouvons enfin aborder le
sujet.

Le proxénète

Iliana a 17 ans. A l'époque, prostituée occasionnelle avec Nelly, elle barbote en eaux troubles : après le proxénète turc, son premier amant, elle a maintenant un autre petit ami, un garçon qui a des ennuis avec la police.

Ce garçon est accusé de viol sur trois mineurs. La police est même venue chercher Iliana à son domicile pour l'entendre. Ils ont tout expliqué aux parents ahuris, devant Iliana en pleurs. Elle a passé quelques heures au poste. Lorsqu'elle est rentrée, ses parents n'ont rien dit. Ils n'en ont jamais reparlé. Et moi, j'ai de plus en plus de mal à croire en leur ignorance.

Au final, le garçon sera lavé de tout soupçon, après « avoir payé beaucoup d'argent ». Aujourd'hui, il habite toujours la Bulgarie, il est marié, il a des enfants. Il vit de ses activités de proxénète. Récemment, Iliana l'a vu passer dans la rue. A Paris. Frappée de mutisme, elle n'a pas pu parler pendant une heure.

Par le biais de ce garçon, Iliana rencontre Krazimir, un proxénète qui s'occupe de trafic de filles en Italie. Il est parfaitement au courant du « travail » occasionnel d'Iliana. Plus tard, elle apprendra que Krazimir travaille avec deux autres hommes : Boris et Vladko. Vladko deviendra son proxénète.

Même après plusieurs années, Iliana n'ose pas s'insurger à voix haute contre ces gens-là, comme si prononcer leur nom suffisait à les faire apparaître. Assise sur une chaise de la cuisine, dans mon appartement, je ne l'ai jamais vue aussi vulnérable.

Lorsqu'elle rencontre Krazimir, le premier du trio, Iliana flaire la brute épaisse. Krazimir n'a visiblement pas l'habitude de penser, en revanche il se vante de pouvoir tabasser régulièrement les filles débarquées en Italie lorsqu'elles ne ramènent pas assez d'argent. Iliana, écœurée, ne donne pas suite à ce premier contact. Mais Krazimir la rappelle en lui indiquant des clients, pour la nuit prochaine. Visiblement, ces clients travaillent pour la mafia albanaise.

A ce moment, Iliana est déjà perdue. L'argent est devenu son obsession. Elle a une idée fixe : quitter son pays. Tout changer. Infléchir le cours de sa vie, éviter le mimétisme avec sa sœur, ne dépendre de personne, ne pas courir après l'argent. Elle ne rentrera jamais, se promet-elle, dans cette logique qui consiste à organiser sa vie autour d'un impératif : pallier la précarité des moyens. Vivre avec ses parents et la famille de sa sœur, se marier tôt pour être en sécurité, travailler pour un salaire de misère, ne jamais partir en vacances, ne rien promettre à ses enfants... Même les filles de milieux plus aisés, qui ne s'étaient jamais prostituées, et qui ont été piégées par une offre d'emploi, voyaient la France, l'Italie ou l'Allemagne comme des eldorados, des terres promises où l'avenir est plus facile.

Elle est à l'heure au rendez-vous. Ce sera le pire souvenir de sa vie. Les hommes attendent dans une chambre d'hôtel luxueuse. Ils sont quatre. Ils mesurent 1,80 mètre et sont armés. Ils déposent leurs pistolets sur la console, et, sous les yeux terrifiés d'Iliana, ils se déshabillent et prennent de longues lignes de cocaïne. Ensuite, un par un, ils s'occupent de l'adolescente. Plus tard, une fille les rejoint. Iliana se laisse faire. C'est la première et dernière fois qu'elle couche avec une fille. Les hommes regardent. Iliana fait tout ce qu'on lui demande, de 4 heures du matin jusqu'à 16 heures.

Lorsqu'elle rentre enfin chez ses parents, elle s'effondre sans un mot et dort pendant deux jours. Elle a gagné 54 euros.

Aujourd'hui, elle se tord les mains, écarlate, en répétant : « Je n'ai rien fait, moi. » Je ne l'avais jamais vue aussi enfant, aussi démunie. A l'image qu'elle renvoie se superpose une autre image, celle du saccage d'une jeunesse, d'un absolu gâchis. Je voudrais m'approcher et lui dire que ça va, que tout va bien. Je me contente de lui servir un autre café.

Après cet épisode, Iliana refuse tous les rendez-vous arrangés par Krazimir. Sauf un : celui avec un prénommé Boris. Argument : « Tu vas gagner beaucoup d'argent. »

Elle se rend auprès de Boris le cœur gonflé d'espoir. Elle est sûre que ces gens sont d'un statut supérieur à elle, qu'ils font partie d'un cercle restreint de privilégiés. Pas un instant elle ne flaire le danger. Elle les voit seulement comme les dépositaires de son avenir à elle. Boris l'invite au restaurant, en discothèque. Krazimir se joint souvent à eux, mais Iliana s'en fiche : bientôt, elle sera ailleurs.

J'apprendrai plus tard que ces hommes « travaillent » la crédulité de leur victime, jusqu'au moment où la fille est terre glaise entre leurs mains. Ils entrouvrent leur univers avec une lenteur calculée. L'adolescente sympathise avec un des types, puis deux, puis trois... Souvent, la présence d'une fille la met à l'aise. Cette fille est la petite amie d'un des hommes. C'est elle qui sera chargée de surveiller l'adolescente, une fois mise sur le trottoir.

Chaque fois qu'Iliana est avec les deux compères, leur portable sonne. C'est un prénommé Vladko qui téléphone de France, pays sublime. Chaque fois, il demande à parler à Iliana, et lui conte Paris, la capitale des rêves et des excès. Elle fantasme de plus en plus. Elle s'en remet entièrement à eux. Elle cherche à gagner leur sympathie, et va même jusqu'à coucher avec Boris, persuadée qu'ainsi, il se montrera plus clément dans son rôle de messie. Déjà, elle est en dehors de son corps. Déjà, elle est entrée dans une logique de prostitution. Un soir, Boris l'invite à dîner, puis à danser, comme d'habitude. Mais cette fois, il est seul. Iliana pense aussitôt : « Il veut coucher avec moi. » Elle n'y voit aucun inconvénient. Ils couchent ensemble, dans un appartement prêté par un autre proxénète. Elle ignore que ce Boris couché contre elle sera celui qui l'accompagnera en France. Elle ignore aussi que Boris est marié, et que sa femme jouera le rôle de gardienne. Une fois à Paris, Iliana raconte que cette nuit passée avec Boris a servi de rempart face aux humiliations de sa femme. Iliana ne lui a jamais rien dit, mais penser tout bas qu'elle avait couché avec son mari, « même pas pour de l'argent », la rendait moins sensible.

Quelques mois plus tard, Krazimir organise un rendez-vous avec la voix au téléphone. Iliana a deviné les activités de ce Vladko. Mais elle retient seulement une chose : il arrive de Paris, France. Ils prennent un café. A nouveau, la phrase magique : « Tu vas gagner beaucoup d'argent. » Savait-elle où elle allait ? Savait-elle pourquoi Vladko lui tendait ce piège ? Oui et non. Taraudée par le désir de fuir son pays, hypnotisée par l'argent, par la liberté qu'il offre, elle s'installe dans un brouillard et n'obéit qu'aux sollicitations extérieures. La tête d'Iliana est vide, téléguidée par ces deux obsessions.

De l'avis des associatifs, Vladko a probablement flairé cet état psychologique. Il lui suggère de travailler « pendant les vacances », le temps d'amasser un peu d'argent. Un job d'été, rien de plus. Rien de plus ? Non, c'est juré. C'est si facile de changer le cours de sa vie. Tu ne vas quand même pas croupir ici, magnifique comme tu es. Si j'agis ainsi, c'est par tendresse : je veux que tu te sentes belle et vivante. Je mise beaucoup sur ton avenir, tant tu inspires les projets. Ecoute, je prends tout en charge : le trajet, le logement une fois arrivée, tes horaires. Tu verras des hommes à ton rythme. En échange, tu auras enfin une vie confortable et drôle ! Ne t'inquiète pas : si tu n'es pas heureuse, tu rentres. Tu auras tes papiers, je te donnerai un peu d'argent, et tu rentreras. Si le travail ne te plaît pas, je respecterai ta décision. Ton bonheur passe avant tout. Je te respecte.

Un soir, Iliana a de nouveau une dispute avec son père. Il a écouté une voisine lui raconter les fréquentations de sa fille, les garçons différents ramenés le soir. Le climat dans la famille est déjà tendu : les parents ne supportent pas qu'Iliana sorte la nuit, qu'elle s'absente deux, parfois trois jours, que des voix inconnues téléphonent. L'adolescente tient tête. Une claque fuse. Iliana se redresse. « Oui, je couche avec des garçons. Oui, j'ai du plaisir. Oui, ils me payent pour ça. » Les claques deviennent des coups. Ivre de rage, son père la bat. C'est la première fois qu'il la frappe. « Je ne l'avais jamais vu comme ça », murmure-t-elle. Et, pendant qu'il tape, Iliana, ratatinée sur elle-même, les mains sur la tête, continue : « Je couche avec eux dans toutes les positions, et tu sais combien ça coûte ?... »

Tard dans la soirée, le téléphone sonne. Vladko. Il est en France, « c'est superbe, lui dit-il, viens quand tu peux ». Elle accepte

immédiatement. Quelques semaines plus tard,
elle s'en va. Elle ne prévient pas ses parents.
Elle leur téléphone, trois jours après son
départ : « Je suis en France. » Sa mère fond en
larmes. Iliana la rassure : elle est là pour trois
mois au maximum. Pour elle, cela ne fait aucun
doute. Vladko confirme. « Trois mois, promet-
il, trois mois et tu rentres. »

Le voyage se déroule d'abord en train,
jusqu'en Croatie. Boris parle peu. Iliana ne se
méfie toujours pas. Ensuite, l'avion pour Paris.
En Croatie, Boris lui confisque ses papiers,
contre un premier faux passeport bulgare. Arrivée en France, Vladko lui donne un deuxième
faux.

Vladko est proxénète « depuis six ou sept
ans », d'après Iliana. Elle le rencontre pour
la première fois à Paris, dans un café des
Champs-Elysées, lorsque Boris lui livre la car-
gaison. Il est grand, blond, il a une petite cicatrice sur la tempe gauche, et ses bras sont
couverts de tatouages. Il parle très peu, et se
contente de plisser les yeux en fixant son interlocuteur. Iliana dit que ce regard la poursuivra
toute sa vie. Elle n'a jamais couché avec lui.
Mais un jour, à Paris, il lui a dit : « Tu es la
première fille qui travaille pour moi, et que je

ne touche pas. » Et s'il avait tenté de coucher avec elle ? Iliana ne répond pas.

Une question me taraude. « Pourquoi il ne t'a pas violée ?

– Je ne sais pas. Peut-être que je ne suis pas assez belle. »

En revanche, Vladko fréquente de très près une prostituée blonde, bulgare, qui a fait aussi partie du voyage. D'où vient-elle exactement ? Comment a-t-elle rencontré Boris, puis Vladko ? Iliana n'en sait rien. Cette blonde était très amoureuse de Vladko. Elle travaillait pour lui depuis six ans au moins. Elle n'est pas la seule à aimer son mac. Sur les trottoirs, beaucoup ont d'abord eu une liaison avec un proxénète. Certaines ignoraient en quoi consistaient exactement les activités de cet homme, d'autres le savaient, mais fermaient les yeux. Nombre d'histoires débutent par un amour sincère. Ensuite, ce petit ami force la fille à rejoindre la cohorte sur le trottoir. En général, le proxénète prend un appartement pour lui et la fille. Le prétexte du couple est un moyen idéal pour renforcer la surveillance. Une association a ainsi recueilli une fille qui, depuis trois ans, habitait avec son mac, qu'elle aimait avant qu'il ne l'amène en France. Après trois tentatives de suicide, elle a réussi à demander de l'aide.

Une troisième femme accompagne Iliana et la blonde : l'épouse de Boris. Cette troisième fille, que certains travailleurs sociaux surnomment « la Kapo », est toujours liée aux proxénètes. Son rôle est de surveiller les prostituées. Elle émet des doutes, met en garde, dénonce le comportement des filles aux « patrons ». Elle est redoutable. Une directrice d'association raconte qu'un jour, une prostituée est venue pour une prise de sang. La Kapo, qui l'accompagne, patiente dans la salle d'attente. Arrivée devant la directrice qui prépare le matériel, la fille s'affole et balbutie qu'elle n'a pas besoin de prise de sang, prétexte idéal pour venir leur dire qu'elle craque, qu'elle veut s'en sortir. « Raconte-moi ton histoire », lui dit la directrice. La fille raconte. Au bout de dix minutes, son portable sonne : la femme, dans la salle d'attente, trouve le temps long.

Mais la fille, émue, continue de parler. Le portable sonne encore. La directrice, qui comprend le danger, lui demande de revenir. Elle n'est jamais revenue. La directrice est passée en voiture devant l'endroit où elle avait l'habitude de travailler. Elle n'a vu personne. Quelques semaines plus tard, la prostituée est réapparue sur les boulevards. La directrice,

soulagée, l'a abordée, mais la fille s'est raidie :
elle ne voulait plus parler, qu'on la laisse tranquille. « Sûrement tabassée », songe aujour-
d'hui la directrice. Scénario banal : la Kapo a
probablement mis le proxénète au courant, qui
a remis les choses à leur place.

Voilà pourquoi Iliana se méfiait tant de cette
fille. Pour la première nuit de travail, porte de
Vincennes, Iliana est surveillée par la Kapo et
le « patron ». La surveillance est permanente.
La Kapo attend derrière les filles qui tapinent,
ou bien elle s'installe dans un café juste en face,
pour surveiller. Ensuite, elle rentre avec elles à
l'hôtel, puisqu'elles habitent ensemble.

Vladko, lui, a dispersé les filles aux quatre
coins de la capitale, avec l'ordre de changer
d'hôtel tous les trois mois. Devant Iliana, ce
monde étrange ouvre ses portes.

Lorsqu'elle raconte tout cela, Iliana ne
s'étonne pas, ne s'indigne de rien. Sa voix est
calme. J'en ai le souffle coupé. Jamais je ne
l'ai entendue se plaindre. En réalité, le malaise
se situe bien au-delà de cette absence de commentaire. Quelque chose d'intime et de vital
est brisé. A 21 ans, Iliana n'est plus en accord
avec la vie qui passe. Elle est au bord. A l'écart.
Ce lien, essentiel et fragile, qui la retenait au
cœur du monde, est rogné. La peur ne partira

jamais vraiment. L'amour sera toujours taxé de suspicion. La violence sera partout, où qu'elle pose les yeux, puisque son regard, maintenant, en est chargé.

Vladko exige qu'Iliana travaille dès le premier soir. Larguée sur les boulevards, sans parler un mot de français, elle cherche une place. Pas si simple : le bitume est une propriété privée. Elle s'approche de quelques Maghrébines. Elle n'ouvre même pas la bouche. Elle reçoit une gifle. Puis une seconde. Puis des coups dans le ventre. Iliana revient voir Vladko, cassée en deux, affolée. Il lui intime l'ordre d'y retourner, ou alors c'est lui qui frappe. Hagarde, elle cherche un morceau de trottoir libre. Elle croise des regards si violents qu'elle poursuit son chemin. Finalement, elle s'arrête près d'un groupe de filles qui parlent bulgare. Un énorme silence tombe lorsqu'elle prend sa place. Elle lâche quelques mots en bulgare. Alors les filles se regardent, et détournent la tête.

Cette première semaine à Paris s'approche du cauchemar, dont les images gélatineuses encrassent encore le sommeil d'Iliana. Elle ne connaît pas la ville, elle ne parle pas un mot de français, et Vladko lui a pris ses papiers. Iliana doit lui verser au minimum 460 euros quotidiens, pour rembourser les faux papiers, le billet d'avion, et... le taxi depuis Roissy, facturé 110 euros ! En tout, 2 300 euros. Une fois la dette remboursée, les exigences de Vladko seront identiques. Cela signifie au moins dix clients, de 22 heures à 4 heures du matin. Le soir, Iliana a mal entre les jambes. « Je me demandais comment je pouvais tenir. Je me demandais comment je faisais pour coucher avec des hommes aussi laids, aussi vieux. Je me sentais bizarre. »

Un soir, elle se perd avec un client. Elle confond deux portes de Paris. Elle descend de la voiture, et ne reconnaît rien. « J'ai marché, marché. » Il est 3 heures du matin. A presque 5 heures, elle retrouve son hôtel. « C'est depuis ce jour, dit-elle, que j'ai peur de tout. »

Moi, j'imagine cette marche, ce point de rupture dans la vie d'une adolescente, cette chute cadencée par le bruit des pas. Iliana marche au hasard, et quelque chose se prépare, s'agite dans les plis de sa vie, dont elle ne saisit pas la portée, simplement attentive à ce petit bruit qui précède les fractures.

Iliana est une élève modèle. Elle a bien trop peur pour s'opposer. Elle a 38 de fièvre, une grippe, Vladko lui ordonne d'aller travailler, elle y va. Elle a ses règles, il lui ordonne d'aller travailler, elle y va. « Tu n'as qu'à faire des

pipes », dit-il en riant. Mais elle couche aussi.
Elle ne prévient pas les clients, elle cache après
le préservatif souillé.

Si elle ne ramène pas assez d'argent, elle
risque sa vie. Une prostituée raconte ainsi
qu'un client, effrayé par son état général, avait
pris l'habitude de lui offrir simplement un café.
Elle montait dans sa voiture, ils s'arrêtaient
dans un bistrot, et ils discutaient pendant une
demi-heure. Jusqu'au jour où la Kapo a pré-
venu le proxénète du manège. La fille a été
amenée dans un appartement, et frappée vio-
lemment pendant trois heures. Parce qu'elle
résistait, elle a été poignardée dans la salle de
bains, sous la douche exactement, où elle s'était
réfugiée pour échapper aux coups.

Vladko est un homme de menace. Au final,
il terrorise autant Iliana que s'il l'avait tapée.
Il dit : « Si tu me caches de l'argent, je te casse
les jambes. » Ce sévice est très apprécié des
proxénètes de l'Est. Variante : la promesse de
cisailler les ligaments des genoux. Un jour,
Iliana appelle ses parents. Sa mère est en pleurs.
Elle explique qu'un homme vient de télépho-
ner. Cet homme a promis qu'il arriverait quelque chose à Iliana, et que ses parents ne la
reverraient plus jamais. Iliana a raccroché avec
une angoisse au ventre qui, depuis, ne l'a pas

quittée. Elle en a parlé à Vladko, qui a nié avec une voix calme, le regard fixe, comme toujours.

Vladko n'a jamais su l'existence d'Adrian. Quand, certains après-midi, il venait prendre l'argent d'Iliana, lui laissant juste de quoi manger et payer son loyer, et repartait.

En revanche il savait, à la minute près, son emploi du temps nocturne, alors qu'il n'était pas sur place. Plusieurs fois, il lui a demandé : « A quelle heure es-tu rentrée hier soir ? » Iliana était rentrée vers 4 heures du matin. « 4 heures », répondait-elle pour simplifier. « Ne mens pas. 4 heures moins cinq exactement, pourquoi tu ne le dis pas ? »

Vladko pouvait aussi être charmant. « Protecteur », précise Iliana. Tous les proxénètes adoptent cette ambivalence. Tour à tour « paternaliste et cruel », comme le note le récit d'une autre prostituée, il n'a qu'un seul but : monter les filles les unes contre les autres, en vertu de l'adage « diviser pour mieux régner ». Il n'est pas rare qu'en chérissant une fille, il provoque la jalousie d'une autre. Pour lui, cette mésentente élimine tout espoir d'entraide entre les filles, qui ne pourront pas faire bloc contre lui. Sans parler de cette terreur diffuse que génère l'alternance de gentillesse et de violence.

Puisqu'il détient l'autorité, il est libre de jouer avec. Il protège et il punit. Il cadre et il

détruit. Un jour, il se montre tendre, atten-
tionné, préoccupé du sort de ses filles. Il veille.
Il les encourage. Il les flatte. Il est le dernier
lien avec leur pays : il parle leur langue natale,
parfois il vient de la même ville. Mais, le lendemain, il peut leur lier les mains et les frapper,
les violer ou provoquer un avortement en
cognant leur ventre. Même, et surtout, avec une
fille dont il est l'amant. S'il sent un début de
rébellion, la prostituée risque sa vie. Le danger
est partout. Le récit d'une prostituée mentionne
l'histoire suivante : craignant que se trouvant à
bout, elle ne décide de s'enfuir, son proxénète
a payé un chauffeur de taxi pour lui balafrer
le visage.

Vladko, à juste titre, avait peur de la police.
Chaque fois qu'il prenait un café avec Iliana,
il lui précisait : « Si la police arrive, tu dis qu'on
vient de se rencontrer dans ce café. » Un jour,
il a expliqué à Iliana qu'il devait repartir en
Bulgarie « pour deux mois », le temps de
« chercher d'autres filles », mais aussi de semer
la police qui, visiblement, arrivait jusqu'à lui.
Il est parti. Iliana s'est retrouvée complètement
seule. Elle a téléphoné à Vladko. A chaque fois,
il posait deux questions. « Ça va ? » Puis : « Tu
as fait combien d'argent ? » Perdue, Iliana a
fini par lui annoncer : « Je rentre. » La menace

a surgi de nouveau, coupante : « Non. Tu restes. » Pas un mot de plus, et, pour Iliana, une terreur sans nom, alimentée par la présence silencieuse de la Kapo, qui venait vérifier qu'Iliana travaillait toujours. Alors, sur les conseils d'Adrian, elle a changé de numéro de téléphone et d'hôtel. Depuis, je n'ai jamais vu quelqu'un vivre autant dans la frayeur de l'attente.

Au bout d'un an, elle a entendu dire que Vladko avait été aperçu vers Nice, puis vers Lyon. Le danger rampe vers elle. « S'il me retrouve, il m'envoie à l'hôpital », gémit Iliana. Mais pourquoi ? C'est quand même lui qui est parti. « Question d'honneur, dit-elle. Dans sa tête, je lui appartiens, je ne peux pas travailler seule. »

Récemment, une voiture s'est arrêtée devant Iliana, pendant qu'elle tapinait. Le conducteur qui a baissé sa vitre était un habitué qui, cette fois-ci, ne portait pas ses lunettes. Iliana s'est figée. Elle l'a pris pour Vladko. « Je ne pouvais plus bouger. C'était impossible. »

Pourquoi ne va-t-elle pas solliciter la protection de la police ? Parce que la France, contrairement à la Belgique ou l'Italie, ne prévoit pas de protéger une prostituée qui se décide à parler. Voilà pourquoi la plupart des filles qui pourraient témoigner déguerpissent. Comme les autres, Baressa a filé sans laisser de trace. Trois jours avant le rendez-vous avec le commissariat, elle a prétexté la mort de sa mère pour rentrer au plus vite en Albanie. Iliana n'a jamais cru à cette histoire de mère décédée. D'après elle, Baressa savait qu'à un moment ou à un autre, son proxénète la retrouverait, et elle a fui vers son pays natal. La dernière fois qu'Iliana a entendu la voix de Baressa, celle-ci cherchait « mille dollars pour acheter un visa ». Depuis, le silence. Personne ne sait ce que Baressa est devenue.

Pourquoi, alors, ne pas aller tout raconter, pour qu'au moins Vladko puisse être arrêté ? En guise de réponse, Iliana me raconte cette histoire : une fille croate, avec qui elle s'entendait bien, a eu le courage de dénoncer son patron à la police. Le type a été arrêté. Il a passé un an en prison. Il est sorti depuis quatre mois. Depuis quatre mois, cette fille a disparu. Jusqu'à hier soir : elle a appelé Iliana. Sa voix tremblait. Où est-elle ? Elle a fui jusqu'à Marseille. Terrifiée, elle se cache, et fait le trottoir pour assurer sa survie. Son avenir semble tracé : elle sera sans doute repérée par un réseau qui transite en Italie, et remise dans le circuit.

Iliana est donc restée seule, avec son faux passeport. Jamais un seul policier français n'a tiqué. Pourtant, elle a subi quantité de contrôles d'identité. A deux reprises, elle s'est retrouvée au commissariat, pour « vérification de papiers d'identité ». « Horrible, dit-elle. Je pensais : "Putain, dans un mois, je suis chez moi." » La hantise de ces filles, c'est de rentrer à la maison. Le réseau les attend. De plus, leurs parents ne sont pas au courant de leurs activités. Souvent, les familles sont croyantes. Le village est croyant.

Le risque est trop énorme : si quelqu'un venait à apprendre leur passé, ce serait le déshonneur, la répudiation, la honte. Reste que la plupart des proxénètes, pour assurer une certaine régularité du cheptel, obligent les filles à déposer une demande d'asile politique.

Autour d'Iliana, trois prostituées se sont fait épingler avec de faux papiers. Elles ont été expulsées. Iliana en frissonne.

La prostituée bulgare qui était amoureuse de Vladko, et qui fit partie du voyage, est revenue un jour en France. Un dimanche matin, on a frappé à la porte d'Iliana. Elle a reconnu cette fille, accompagnée d'une inconnue. Elles se tiennent là, sur le seuil, avec la ferme intention de dévaliser la chambre d'hôtel. « Donne ton fric, dit l'une. Et ton faux passeport. » Refus. L'une des filles envoie un coup de poing dans le ventre d'Iliana, qui hurle. Le patron de l'hôtel accourt. Il les met dehors. Depuis, ces filles ont disparu. Où sont-elles maintenant ? Iliana pense qu'elles sont parties se prostituer ailleurs.

Nous sortons du café, un peu abasourdies par cette longue entrevue à propos de Vladko. Nous sommes dans la rue, un jour de pluie. La lumière est grise. Je demande à Iliana ce qu'elle compte faire cette après-midi. « Rien », dit-elle. Regarder la télé. « Penser à Adrian. » « Penser à mes parents. » Et cette pluie qui ne s'arrête pas.

Les papiers

Aujourd'hui nous sommes allées à la préfecture de police pour tenter d'obtenir une carte de séjour pour Iliana. Elle est en situation irrégulière sur le territoire. Elle ne possède qu'un passeport bulgare tout neuf, établi lors de son dernier séjour là-bas qui a remplacé ses faux papiers.

Lorsque nous passons le porche de la préfecture, à la vue de tous ces hommes en bleu, elle se raidit. Je la sens mal à l'aise. Moi, je suis furieuse. Pour l'occasion, elle s'est maquillée comme une voiture volée. Ses lèvres sont très rouges, ses paupières sont recouvertes de fard bleu pailleté. Au milieu du hall, je lui glisse que la préfecture de police n'est pas une boîte de nuit. Elle s'indigne : « Je suis maquillée parce qu'il y aura des photos à faire ». « Des photomatons, dis-je en baissant la voix. La plus belle fille du monde est laide sur un photomaton. » « Pas du tout ! s'écrie-t-elle. La plus belle photo de moi que j'ai vue, c'était sur mon faux passeport. Tiens regarde, regarde si je suis moche ! » Elle sort le passeport de sa poche, d'un air presque triomphant. Je ne respire plus. Autour d'elle, deux cents flics ont tourné les yeux. Je lui tire la manche vers l'escalier de marbre, elle continue, trébuchant sur ses talons hauts : « Attends, tu veux voir la photo ? »

La dame qui nous reçoit depuis un quart d'heure hoche la tête comme un mécanisme qu'on aurait remonté. Je vois qu'elle fait des efforts désespérés pour saisir ce que dit Iliana. Mais cette dernière, affalée sur sa chaise, mâche son chewing-gum, les yeux rivés au plancher, et ânonne les réponses avec un tel accent qu'il est impossible de comprendre un seul mot. La dame m'adresse un sourire implorant, je lui réponds par un regard consterné. « Pourriez-vous écrire le prénom de votre père ? » articule-t-elle avec gentillesse. Iliana se penche sur la feuille, puis relève la tête. « Il y a un problème, dis-je. Elle sait écrire uniquement en cyrillique. » La dame reprend son stylo en roulant des yeux affolés. Elle se lève. Dès qu'elle a le dos tourné, Iliana se penche vers moi, et déroule d'une traite : « Ecoute, hier soir j'ai eu un client, je n'arrive pas à oublier. Il m'a dit que je lui rappelais sa nièce. Mais il a dit ça en me regardant presque nue. Je lui ai demandé, il m'a bien dit qu'il couchait avec sa nièce de 15 ans et demi. » Je hoche la tête. La dame revient. Aussitôt Iliana regarde à terre en mâchant son chewing-gum. On lui propose un autre rendez-vous, en lui suggérant fermement de s'y rendre. Je suppose qu'ils vont poser des questions à Iliana, avant de la mettre dans un avion. A mon tour, je lui suggère quelque chose : ne pas se rendre au prochain rendez-vous.

En sortant, je sens Iliana déçue. Sa voix est sourde, presque inaudible. « Je croyais que j'aurais ma carte dans une semaine, dix jours. » Je ne dis rien. « Je ne peux pas continuer à travailler sur le trottoir, implore-t-elle, je ne veux pas. Même un mois, même une semaine, je ne veux pas y retourner. » Je regarde ailleurs.

Je n'ose pas lui expliquer qu'ici, dans ce pays, une prostituée qui veut s'en sortir ne peut pas s'en sortir. Baressa, qui est partie quelques jours avant sa rencontre avec les policiers, l'a bien compris. Dans ce pays, une prostituée, un travailleur clandestin, une domestique exploi- tée, peut prendre le risque de collaborer avec la police, dire tout ce qu'elle sait, elle peut accepter d'être auditionnée par des profession- nels pour une étude, une enquête ou un rapport, elle n'aura rien en échange. Ni protection, ni assistance, ni titre de séjour. Ni travail, ni logement, rien – alors même que cette personne accepte de collaborer au démantèlement des réseaux. Rien, sauf la reconduite à la frontière. Je n'ose pas dire qu'aux yeux de la législation française, Iliana n'est pas une victime, mais une délinquante. Une délinquante – le mot ne parviendra jamais à franchir ma bouche. Je lui promets qu'elle aura bientôt une carte de séjour.

Nous nous installons dans un café. Je la sens déprimée, mais je voudrais qu'elle me parle de son passeport. Elle se contente d'égrener les faits, comme un dépliant promotionnel pour les faux papiers.

Iliana est arrivée en France avec un faux passeport, qui mentionnait une double nationalité israélo-macédonienne. Nom de famille : Massala. Elle a payé ce passeport 1 500 Deutsche Mark, un peu plus de 160 euros, mais, selon elle, « c'est de l'arnaque » : en moyenne, produire des faux papiers coûte 800 Deutsche Mark.

Lorsqu'elle est rentrée en Bulgarie pour les dernières fêtes de Noël, le sort s'est retourné contre elle. A l'aéroport, Iliana aperçoit ses parents qui lui font de grands signes de la main. Le douanier regarde le faux passeport, et, « sans machine, sans collègue, d'un seul coup d'œil, il repère », raconte Iliana. Il lui dit : « Venez

avec moi, mademoiselle. » Les parents, ahuris,
voient leur fille sortir, encadrée par deux policiers. Sa mère fond en larmes. Lorsqu'elle comprend qu'elle peut encourir une interdiction de
sortie du territoire pendant deux ans, Iliana
décide de tout dire. Tout, plutôt que de rester
prisonnière de ce pays. Elle raconte le faux
passeport, le prix, le mac. Les policiers notent
tout. Ils la laissent repartir. Comme son mac a
confisqué ses papiers, elle se fait refaire un
nouveau passeport bulgare, en règle cette fois.
Que raconte-t-elle à ses parents ? C'est très
simple : que, n'ayant pu obtenir de visa pour
rester en France, elle a commandé des faux
papiers. Ses parents se sont calmés. « Là-bas,
tout le monde fait ça, commente Iliana. Je ne
suis pas la seule. »

Elle et moi

Parfois, je suis gênée. Le monde d'Iliana ne me fascine plus du tout. A force d'horreurs racontées à mi-voix, à force de différences creusées entre nous, je la quitte avec une impression de malaise diffus. Ma vie me semble décentrée, comme si mon axe des priorités avait pivoté. Ce qui me paraissait essentiel et précieux devient dérisoire, et prend la forme d'une injonction, d'une urgence désagréable. Il ne s'agit plus de vivre, mais de s'obstiner à vivre. Tout est combat, tout est menace. L'insécurité gagne, et recouvre comme une ombre les rêves et les idéaux. La frontière entre les deux mondes se dilue, je cherche mes repères. Ce type, là, dans le métro, est-il un client ? Mes amis, eux, fantasment-ils sur les putes ? Moi, pourrais-je me prostituer ? Comment fonctionne le désir masculin ? Je marche dans la rue, je me regarde dans la glace, je parle aux gens. Et, pendant que je marche, que je parle, alors que je renonce à la vigilance, j'ai l'impression d'être en danger. Je ressens alors la nécessité impérieuse de protéger les miens, au plus vite.

La panique a ses accalmies. Parfois, il suffit du bruit familier d'une clé glissée dans la porte, d'une phrase banale à prononcer ou de n'importe quel geste machinal à accomplir, pour que le monde retrouve son visage. Non, les filles ne sont pas toutes des victimes, les hommes ne sont pas tous des clients, l'intimité existe encore, l'éternel jeu entre filles et garçons est intact. La violence se tient éloignée, elle n'imprègne pas le monde. La confiance reprend sa place, au moins pour un moment. Les heures coulent sans danger imminent. Rien n'est sali. Tout est en ordre.

Je n'aime pas la façon dont Iliana considère les rapports humains. Je n'adhère pas à cette méfiance systématique, et encore moins à cette confiance en l'autorité. Je vois les hommes comme des hommes et pas seulement comme des sexes géants dotés de deux mains pour mater les femmes. Je vois le monde comme une planète ronde qui tourne dans un sens seulement, peuplée de justes et de salauds, et non pas comme une boule immobile, abandonnée, sur laquelle règnent la violence, le sexe et le fric. Et après ? Après, il y a le visage d'Iliana qui crie le contraire, et je ne peux pas m'empê-cher d'écouter.

Certains jours, Iliana se montre très abattue. Elle parle peu, les épaules voûtées, comme quelqu'un qui porterait un manteau de laine en plein été. Sa vie la gêne pour vivre. Dans ses yeux, je lis : j'ai mis un pied dans une étrange spirale, qui consiste à greffer des ennuis sur d'autres ennuis, à vivre dans la perspective de rencontrer d'autres ennuis encore, à être même attirée par les ennuis, seule réalité valable pour les gens de mon espèce.

Parfois, elle me fait rire. Je me souviens de ce jour où nous prenons un café chez moi, elle plisse les yeux et me confie à voix basse : « J'ai un tatouage. » Puis elle se lève, défait sa cein-ture, et baisse un peu sa culotte. Une rose grimpe sur l'aine gauche. « Je me suis fait un cadeau », triomphe-t-elle. A quelle occasion ? « Pour la Journée de la Femme. En Bulgarie, c'est le 8 mars. » Je signale à Iliana que la Journée de la Femme entend lutter contre la prostitution et toute autre forme d'« escla-vage ». Iliana se fige, elle écarquille les yeux. « Ah bon ? »

Iliana n'aime pas le mot « esclavage ». Elle pense aussi que le terme oublie les prostituées volontaires – elle dit : « qui aiment ça » –, pour les englober dans une seule et même définition de la prostitution, sans prendre en compte ses différents aspects. Elle déteste le mot « victime », comme si ce terme la taxait d'irresponsabilité, d'inconséquence, et ne la prenait pas en compte, elle. Je crois surtout que ce mot lui donne un peu honte. Iliana se sent si coupable d'avoir été naïve que « victime » lui renvoie encore cette image de fille dépassée, engloutie par un système. D'ailleurs, Iliana m'a regardée différemment le jour où j'ai cessé de déplorer son état et ses activités. Elle attendait ce rapport égalitaire, d'être humain face à un autre. L'humiliation de la prostitution lui étant insupportable, elle n'avait pas besoin que je renchérisse. J'ai remarqué cela chez les autres prostituées : il suffit de cesser de les voir comme des victimes, et de les considérer comme des personnes, pour qu'elles se détendent. Cette modification du langage induit déjà un signe de respect, une intégrité qui n'est pas atteinte. Or, personne n'a l'air de mesurer combien cette intégrité leur manque.

Iliana prononce mon prénom à l'italienne, en roulant les *r*. En Bulgarie, personne ne roule les *r*. C'est un défaut de prononciation que tout le monde trouve charmant, d'après elle, mais qui l'agace. En règle générale, tout ce qui touche à elle, tout ce qui s'applique à la définir, d'une façon ou d'une autre, l'agace. C'est normal, dit-elle : elle ne vaut pas grand-chose. D'ailleurs, elle en est maintenant persuadée, Adrian s'ennuyait avec elle. Ce sentiment de nullité s'intensifie lorsque, certains soirs, les clients sont rares. « Alors je ne suis même pas belle. Je voudrais pleurer : personne ne veut coucher avec moi ! »

Ce livre change un peu l'éclairage. « Je me sens un peu intéressante quand je viens te voir pour te raconter. Je me sens comme ça juste avant le rendez-vous, mais jamais après. » C'est déjà ça. Partant du principe qu'elle ne vaut rien, elle s'est posé mille fois la question : « Pourquoi un livre sur moi ? » Elle m'explique combien elle a eu peur juste avant de me rencontrer.

« Peur que ça se passe mal. »

« Peur de ne pas plaire. »

« Peur de parler. »

« Peur de me fermer. Si tu avais été froide, j'aurais vraiment eu du mal. »

A-t-elle été surprise ? « Oui. Je m'attendais à quelqu'un de plus sérieux. » C'est-à-dire ? « Avec un tailleur, des petites lunettes et des cheveux comme les femmes d'affaires. » C'est-à-dire ? « Bien coiffés. » Merci. « Pas de quoi », répond-elle, avec une gentillesse sincère.

Elle se penche et ajoute, sur le ton de la confidence : « Heureusement que tu n'es pas blonde. » Pourquoi ? « Je n'ai jamais eu une seule amie blonde. » Cette méfiance est venue d'une consœur blonde, une fille « bête, bête. Le genre à passer des nuits avec les clients ». Comment le sait-elle ? « Ça se voyait, c'est tout. Ça se voit les filles qui peuvent faire ça. »

Parviendra-t-on encore à se parler ainsi, lorsque le livre sera fini ? Pourra-t-on créer à nouveau cette douceur inattendue, si neuve, pareille à ce début d'après-midi hivernal, elle debout, fière de sa rose, et moi touillant mon café, hoquetant de rire ? Le livre cautionne tant de sincérité et de tension que je ne parviens pas à en mesurer la part d'autonomie. Le livre fini, que reste-t-il ?

Sera-t-il possible, aussi, de ne pas s'éloigner si jamais nous nous rapprochons l'une de l'autre ? Pour l'instant, ce rapport de dépendance me plaît. Iliana a besoin de moi, et, tout au fond, je redoute un peu le moment, si moment il y a, où elle fera surface, pour venir nager jusqu'à mon monde. Une fois insérée, j'ai peur qu'elle ne m'échappe, ou bien peut-être est-ce moi qui ai peur de me lasser. « Tu m'écoutes ? » Je cligne des yeux. « Oui », dis-je. Elle hoche la tête d'un air courroucé, puis elle reprend. J'aurais aimé qu'elle me demande « à quoi tu penses ? », mais, bien sûr, elle n'a rien demandé.

Elle me raconte qu'elle a appelé ses parents récemment. Elle dit : « Je suis si contente de leur parler. » Elle parle à nouveau de son rêve, « dessiner et fabriquer des vêtements ». Au bout d'un moment, nous réussissons à aborder le sujet Adrian. Maintenant, nous pouvons en parler comme deux amies, sur le ton de la confidence qui ne sera pas jugée, juste entendue.

L'amoureux (3)

Il a encore fait son apparition. Iliana ne s'explique pas pourquoi elle est attirée au point d'aimer un garçon qui l'a volée. Chaque fois qu'il l'appelle, elle est folle de joie. Chaque fois qu'elle l'a vu, son visage est différent, plus détendu, moins poupin. Qu'est-ce qui lui plaît tant chez Adrian ? Son côté voyou, justement. « Il prend des risques », annonce fièrement Iliana. Et je prends conscience que depuis le début, cette fille n'a pas cessé de jouer avec les limites. Ces limites sont généralement découvertes à l'adolescence. L'âge adulte consiste à ne pas les dépasser. Ensuite, il y a ceux qui deviennent adultes facilement. Et puis il y a les autres, qui sont fâchés avec ces limites. Ils peuvent passer leur vie à les tester. Iliana fait partie de ceux-là. Au fond, elle n'est pas différente d'une fille qui pratique l'escalade à mains nues, d'un P-DG qui s'épuise au travail, d'un homme fidèle qui flirte ou d'un autre qui passe ses nuits à écrire un opéra. Limites physiques, morales ou intellectuelles : ce sont encore des limites, posées là, tout près de nos vies, dont le rôle principal est moins de nous protéger que d'alimenter en nous l'espoir d'une condition meilleure. Iliana est très proche de cet état d'esprit-là. Elle part du principe qu'il existe un bonheur par-delà la normalité, un bonheur des excès, du chaos, ce qui est heureusement juste, mais elle s'est trompée de versant. Elle dévale la pente d'une réalité glauque et souterraine, une réalité de survie, d'argent, d'humiliation permanente. Elle cherchait l'atypisme, une certaine forme d'insécurité, une vie un peu folle, loin des paramètres admis. Mais ce genre d'originalité est un luxe. Pour vivre hors des normes, il faut avoir beaucoup d'argent, ou disposer de points d'appui qui garantissent un équilibre psychique minimal. Iliana n'a ni l'un, ni l'autre. Son embardée offre des bouts de trottoirs, des lendemains incertains, des gens qui ne s'arrêtent pas – ou qui s'arrêtent, pour demander le prix.

Lorsque je lui demande de me décrire l'homme idéal, elle répond aussitôt – et c'est le mot qu'elle emploie pour définir Adrian : « C'est quelqu'un à qui on obéit. » Dans cette jungle, la voix est celle du chef. La voix protège, promet, ordonne. Elle neutralise. « Ça m'impressionne », articule Iliana, et en disant cela, elle se tord les mains. « J'aimerais être comme ça. Moi, je peux parler, personne ne m'écoute. Je veux changer. Je suis trop sensible. Je pense toujours que tout est de ma faute. Je pense toujours que je ne suis capable de rien. Ma mère me disait : "Tu ne fais même pas ton lit le matin, que vas-tu faire plus tard ?" »

Est-ce un hasard si Iliana s'entoure de gens autoritaires ? Magdalena, capable de rouer de coups une fille qui s'installe à côté d'elle. Adrian. Vladko, « calme, les yeux plissés, tout le monde le respectait ». Le respect. Iliana ressent ce mot, au point qu'elle en tremble. Mais le respect, qu'est-ce que ça veut dire ? « Ne plus être gentille. » Je me mords les lèvres. Pourquoi y a-t-il ces âges si malléables, lorsqu'un être se laisse façonner par ce qu'il apprend, au risque de traces indélébiles ?

Iliana dit aussi : « Je ne pourrais pas vivre avec un homme en costume qui rentre chaque soir à la même heure. Tu comprends, ce sont eux, les clients. » Elle ne changera jamais complètement. Elle verra longtemps les hommes comme des clients potentiels, sa gentillesse comme une fêlure, elle se verra longtemps, elle-même, comme une incapable, simplement parce qu'elle est entrée dans la vie adulte avec ce genre de données : un sourire provoque des ennuis, la beauté attire l'argent, l'amour finit par le vol et la trahison.

Pourtant, avant de venir à Paris, Iliana n'était pas comme ça. « Je ne me reconnais plus », dit-elle. Avant, raconte-t-elle, elle était sûre qu'en cas de pépin, quelqu'un pouvait l'aider. Cet état de fait lui semblait indiscutable. Cette certitude simple, essentielle, cette pensée-barrage amoindrit la solitude, et repousse, quelle que soit la détresse ressentie, les limites du désespoir. Que se passe-t-il lorsque cette formule magique disparaît ? Que devient une personne qui ne se sent plus protégée ? Ce qu'Iliana a découvert sur les trottoirs de Paris est plus profond encore que l'acte sexuel à répétition, les contraintes, le froid et les insultes. Elle a découvert l'insécurité, dont l'esprit humain ne ressort pas indemne. Iliana dit qu'elle se sent « perdue », sans repères, sans certitude.

Lentement, elle a appris à ne plus se réjouir des choses, puisque le danger est partout. Elle accepte les événements sans les vivre, attentive à rester vigilante. Ces filles-là passent leur temps à accumuler au fond d'elles suffisamment d'énergie pour ne jamais baisser la garde. Elles ne vivent pas leur vie, elles l'affrontent – ce qui explique leur repli sur elles-mêmes, leur égoïsme apparent qui n'est rien d'autre qu'une immense crainte de vivre. Partager, c'est commencer à devenir vulnérable. La mise à nu signifie la mise à mort. Mais la mise à nu, on l'aura compris, est moins dans l'acte sexuel que dans le langage, la tendresse ou les gestes de soutien. Iliana peut coucher avec des centaines d'hommes sans livrer un gramme d'elle-même. En revanche, raconter un souvenir d'enfance, prononcer une parole délibérément gentille ou proposer d'aller boire un café sont exclus. Tout cela, j'ai essayé de le cerner au gré de nos rencontres, mais c'est elle qui le résume le mieux, d'une phrase qui me laisse songeuse, sans même mesurer le double sens de son dernier mot : « Je peux coucher avec n'importe qui, mais je ne supporte pas qu'on me touche. »

La tentative

Iliana vient de rentrer d'un séjour en Bulgarie, chez ses parents, avec l'intention de ne plus se prostituer. Sa décision est prise sans réel effort de volonté, elle obéit à un impératif de survie : brisée, Iliana n'a plus la force de continuer ainsi. Elle a quitté son hôtel, ses consœurs et son bout de trottoir. J'ai demandé à un ami de lui prêter un studio. La pièce est petite, flanquée d'une cuisine et d'une salle de bains, tout aussi minuscule. Elle donne sur une cour au rez-de-chaussée, mais elle se trouve au cœur de Paris, dans un quartier qui plaît à Iliana.

En entrant dans ce studio, ma gorge se serre. Je vois des peluches et des photos de famille partout, qu'elle a ramenées de chez ses parents. Iliana est plantée là, par erreur, au centre d'une enfance reconstituée, et ne paraît pas dépasser l'âge de 6 ans. Je lui demande si elle a beaucoup pleuré. « Un peu », souffle-t-elle en remuant un imbuvable café – elle n'a pas de

machine, nous avons versé les grains directement dans l'eau chaude. Moi, j'ai envie de pleurer. L'absurdité du monde me saute au visage.
Je voudrais l'enlacer et la gronder, lui dire
« Mais qu'est-ce que tu as fabriqué ? Regarde
un peu ce carnage », mais je risque, cette fois,
de pleurer vraiment. Ces peluches, ces photos
me bouleversent – et je m'étonne encore que
cette émotion ait surgi à ce moment, ici, comme
si, le livre étant fini, Iliana étant sortie de ce
monde, quelque chose, en moi, pouvait enfin
s'exprimer.

Je la sens à la fois soulagée et perdue. Mais
je sens aussi une immense fatigue, proche de
la vieillesse, une fatigue qui touche au désir de
vivre.

Comme souvent, ce n'est qu'une fois l'étau
desserré, ou l'imminence du danger écartée,
que surgit la vraie menace. Ainsi, c'est en arrê-
tant la prostitution qu'Iliana commence vraiment à couler.

Magdalena l'appelle sans arrêt, le trottoir
apparaît comme sa dernière patrie, même sa
chambre d'hôtel lui manque. Passé 21 heures,
elle tourne dans sa pièce. Sur l'étagère, la combinaison de cuir et l'ensemble léopard sont soi-
gneusement pliés, inutiles. Iliana ne connaît
personne. Elle n'a ni papiers, ni travail, ni loge-

ment. Son programme quotidien se résume à marcher dans la rue. Que faire maintenant ? Comment va-t-elle vivre ? Elle semble si fatiguée.

Rentrer en Bulgarie est exclu. Elle m'explique à nouveau la peur du réseau. Mais je discerne aussi un autre facteur : Iliana a menti à ses parents pendant des années. Pendant des années, à raison de trois fois par semaine, elle a inventé une vie au téléphone : un travail stable, un petit ami sérieux, des amis en pagaille. Elle raccrochait avant d'écarter les jambes pour des inconnus. S'accommoder d'un tel décalage demande un effort considérable. Iliana est obsédée par l'idée de décevoir ses parents, d'être indigne d'eux. Elle vit avec un sentiment de culpabilité. Elle vit avec, ce qui signifie qu'elle ne le ressent plus de façon immédiate, concrète ; ce sentiment de culpabilité irrigue sa vie, il est partout, sans arrêt. Savoir que l'on est bien en deçà des espoirs parentaux, se définir soi-même comme quelqu'un qui déçoit : on ne rompt jamais facilement avec ce genre de certitudes.

Iliana se dilue dans les conquêtes successives. Les garçons passent, comme un dernier refuge qui s'avère toujours instable. Peter, l'ami dont elle fut à un moment enceinte, avec qui elle a renoué en Bulgarie, commence à la lasser. Yoann, le meilleur ami d'Adrian, a refait surface. Elle a passé quelques jours contre lui. « Il dit que je suis belle, gentille, qu'il m'aime bien », exulte-t-elle, et elle bouge ses mains comme si elle tournait avec un cavalier imaginaire, mettant au jour cette béance affective que tout l'amour du monde ne saurait combler. Et Peter ? Elle hausse les épaules. Je ne peux pas m'empêcher de rire. « Iliana, ça part dans tous les sens », dis-je, et elle rit à son tour, sans croiser mes yeux.

Les choses ne se présentent pas très bien. Une association, composée de gens adorables, propose de l'héberger en banlieue parisienne. Mais, pour qu'un appartement se libère, il faut patienter plusieurs semaines. Or, elle doit rendre le studio de son ami d'ici quinze jours. Comment faire ? Iliana n'a même pas la force de prendre le RER seule pour se rendre en banlieue, dans cette association. Et pourtant je sens, caché au fond d'elle, l'absolu désir de quitter ce milieu. Mais je réalise que le désir n'est pas suffisant. Il manque l'énergie. Je la sens épuisée.

Est-ce que l'insécurité, maintenant, n'est pas plus oppressante ? Sur le trottoir, elle avait au moins son rôle, sa place. Elle gagnait suffisamment d'argent pour pourvoir à ses besoins. Maintenant, elle n'a plus rien. L'idée de travailler sept heures par jour pour gagner en un mois ce qu'elle a pu amasser en deux nuits ne passe pas. La normalité apparaît comme une anomalie. « Tu vas payer un loyer, avoir confiance en quelqu'un, élever des enfants, rêver aux prochaines vacances, bienvenues », dis-je en riant. Mais je vois bien que mes mots l'effraient. A cela rien d'anormal. Ces mots m'effraient moi-même.

J'ai peur. Je ne sais pas ce qu'elle va devenir. Je pense qu'elle ne tiendra jamais le coup, et qu'elle retournera sur le trottoir. Je pense que c'est fichu, plié, râpé, terminé, nada, rideau, mort. Structures sociales débordées, loi injuste, protection nulle, pouvoirs publics de merde. Sur le trottoir tu resteras.

Moi, je continue de vivre. Mon métier me permet de rencontrer des gens de la politique, à qui je glisse un mot, « voilà l'histoire, il faudrait faire quelque chose, écoutez, on ne peut pas laisser filer l'étincelle de survie, elle veut s'en sortir, c'est maintenant qu'il faut agir, dans quelque temps, la fatigue aura pris le dessus ». Hochements de tête entendus, mines consternées. Mots vains, vie qui s'affaisse. Une directrice de cabinet me passera même un coup de téléphone, juste pour me dire qu'elle a été émue, que mes mots l'ont touchée, qu'elle est désolée. « Je suis désolée », dit-elle.

Et même si elle s'en sort... Faudra-t-il qu'Iliana taise son passé ? A ceux qu'elle s'apprête à rencontrer, qui ne se sont jamais écartés de leur route, pourra-t-elle tout dire ? Pourra-t-elle encore tomber amoureuse et avoir confiance ? Ni moi ni elle n'avons la réponse. Iliana fait partie de ces gens au passé si lourd qu'il met en péril l'espoir d'intégration. Socialement, elle pourra s'en sortir. Mais je pense à l'intégration humaine, qui suppose la parole, l'échange, une certaine stabilité. Or Iliana ne croit plus à la stabilité.

Que reste-t-il de toute cette aventure ? Il reste nous, l'attachement que nous avons tissé l'une pour l'autre. Désormais j'en suis sûre : le livre étant fini, nous avons enfin l'essentiel. Nous nous tenons chaud – allez comprendre.

Il reste aussi l'écart, toujours présent, vif comme une plaie, mais qui tient encore lieu de passé. L'écart, c'est la seule chose qui appartienne vraiment à Iliana. Ce pas de côté, c'est sa mémoire. Ses premières avancées dans l'âge adulte. Elle le connaît parfaitement, et j'ai l'impression qu'un mélange de fatigue et de peur la retient d'aborder à nouveau un monde. Elle a beau vouloir marcher droit maintenant, il sera très difficile d'oublier les lois et les réflexes qui structurent cet univers à part : la sécurité n'existe pas. Il faut frapper avant de se faire frapper. Seuls les gens autoritaires sont forts. Un homme se craint. Il ne faut pas se réjouir des choses, car la perte du bonheur est plus douloureuse que le malheur constant. Ne jamais baisser la garde. L'amour se paye. Le sexe est sans plaisir. Mon corps appartient aux autres. Je me déclare objet, pour oublier que je suis un sujet abîmé. Je voudrais qu'on m'aime, à condition de m'aimer comme une prostituée mais non comme une femme, qu'on m'aime pour mon rôle et non pour moi-même, tant j'ai peur de décevoir. Tant j'ai peur de me découvrir amputée, nulle et indigne. Je suis fatiguée. Je voudrais qu'on m'aime sans mémoire, en m'acceptant poisseuse d'un passé qui me pèse mais qui me définit. Je voudrais qu'on m'aime en veillant surtout à ne rien m'offrir, je rends si mal. Je voudrais qu'on m'aime, je voudrais, « je peux coucher avec n'importe qui, mais je ne supporte pas qu'on me touche ».

L'auteur remercie tout particulièrement :

Christine Lazerges, présidente de la mission d'information sur les diverses formes d'esclavage moderne (le rapport est publié par l'Assemblée nationale sous le numéro 3459) qui auditionna Iliana.

Les associations d'aide aux prostituées, pour le temps passé auprès de celles qui en ont besoin, et surtout Isabelle Denise, de l'association l'Amicale du Nid, ainsi que l'association Altaïr, à Nanterre.

Mado et Betty, place de la Nation à Paris.

Table

Du même auteur au Livre de Poche :

La Folie du roi Marc

Premier grand roman d'amour de l'Occident, la légende de Tristan et Yseut laisse dans l'ombre une figure tragique : celle du roi Marc, l'époux légitime. C'est à lui que Clara Dupont-Monod a choisi de s'intéresser, dans les marges du récit originel dont revivent les scènes et les épisodes.

Mari trompé, roi défié par son neveu et vassal, Marc ne peut qu'assister, impuissant, à la passion sublime qui détruit sa vie et son bonheur. Il dit ici sa souffrance, sa rage, son amour à lui, au gré d'un monologue fiévreux, lyrique tableau douloureux et juste d'une jalousie masculine. Les landes, les forêts, les falaises du pays de Tintagel donnent leur décor à une errance pathétique, recréée dans une prose baroque, sensuelle, envoûtante.

De loin le roman d'amour le plus bouleversant de la rentrée.

Anne B. Walter, *Marie-Claire.*

Composition réalisée par IGS

Imprimé en France sur Presse Offset par

BRODARD & TAUPIN

GROUPE CPI

La Flèche (Sarthe).
N° d'imprimeur : 27843 – Dépôt légal Éditeur : 52341-02/2005
Édition 01
LIBRAIRIE GÉNÉRALE FRANÇAISE – 31, rue de Fleurus – 75278 Paris cedex 06.
ISBN : 2 - 253 - 11230 - 5